レオン
「助太刀感謝する。
黒衣の戦士よ」

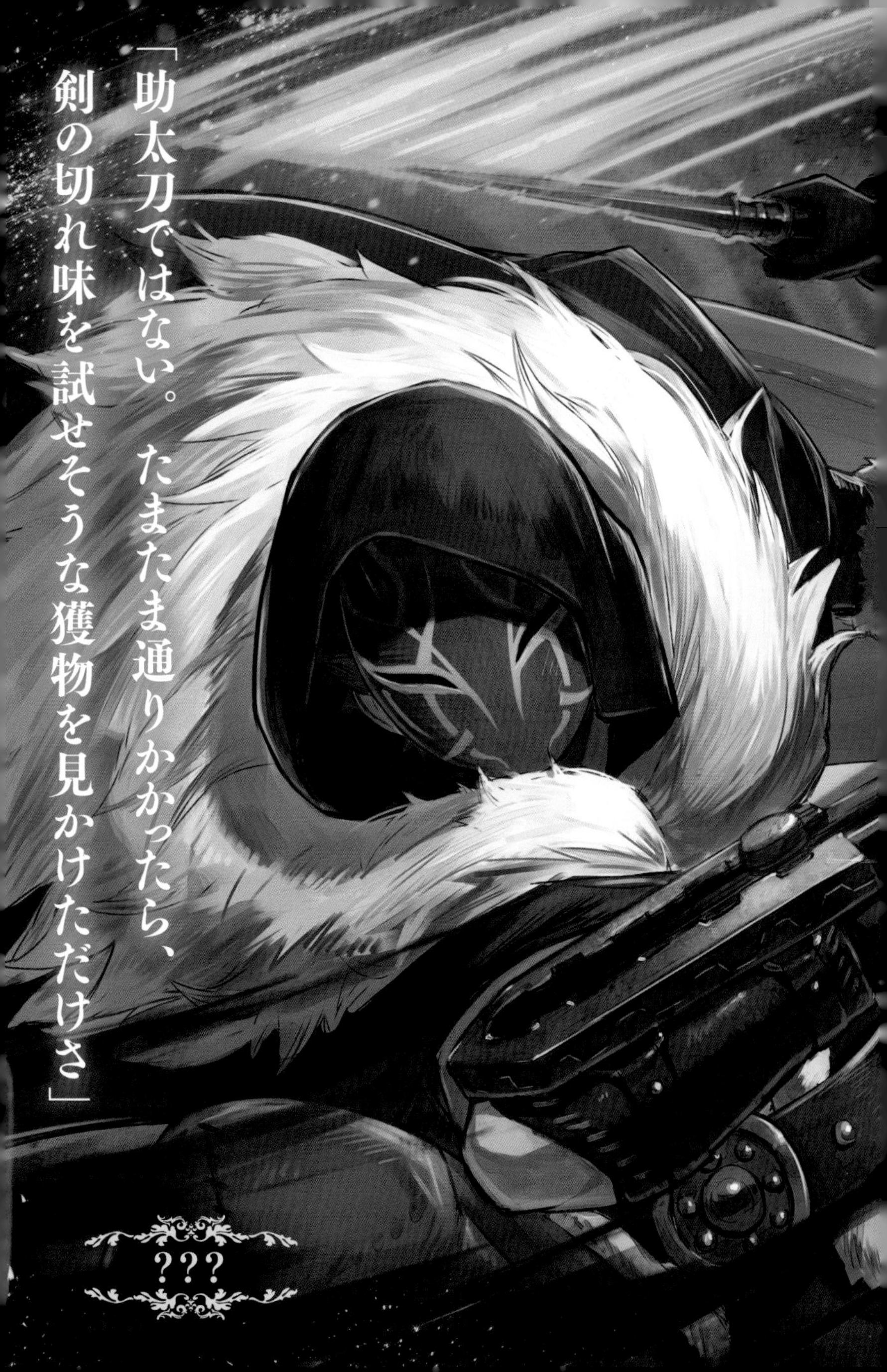
「助太刀ではない。たまたま通りかかったら、剣の切れ味を試せそうな獲物を見かけただけさ」
???

シスレイア
「……もっと近くに来てくれませんか？」

影の宮廷魔術師
～無能だと思われていた男、実は最強の軍師だった～
2
（著）羽田遼亮
（絵）黒井ススム
The Court Wizard in Shadow

CONTENTS

第一章　炎の魔術師ナイン

†

俺の名はレオン・フォン・アルマーシュ。

エルニア王国に仕える宮廷魔術師――だったのは二ヶ月ほど前まで。

今はただの宮廷魔術師ではなく、複数の役職が付く。その役職をすべて明記すると、
エルニア王国宮廷魔術師兼宮廷図書館司書兼天秤《てんびん》師団軍師となる。

そう、あれほど平和と平穏をこよなく愛していた俺がついに軍属になったのである。

図書館に籠もり、給料泥棒と呼ばれていた俺が軍属とは、俺の昔を知る人間は驚きを隠せないだろう。

いや、俺自身、いまだに信じられないのだから、他人に信じ込ませようというのが無茶な話なのかもしれない。

そんなことを思いながら、俺の主義を変えさせることに成功した少女を見る。

銀色の髪と、蒼《あお》い瞳、高貴な雰囲気をまとう少女。

彼女の名は、シスレイア・フォン・エルニア。

この国の国姓を持つことから分かるとおり、彼女はこの国の王女。第三王女である。

最初、彼女と出会ったのは宮廷図書館だった。いつものように怠惰に働く俺に、彼女はにこやかに言った。

「――いつも本の整理、ありがとうございます」

飴玉《あめだま》と温かい気持ちを添えながら。

今でもそのときの光景をくっきりと脳内に思い描くことが出来るが、彼女との本格的な出逢《であ》いはそれから数ヶ月後だった。

ある日、戦目付として東方の砦《とりで》に配属された俺は、そこで窮地に陥っている姫様と再会する。

優しいシスレイア姫は、宮廷内部の権力闘争に巻き込まれ、敵地で孤立してしまったのだ。

その窮地を「火牛の計」と「謀略」で救ったのが俺であった。

姫様は俺の知謀に一目惚《ひとめぼ》れしてくれ、俺を軍師として迎え入れようとしたのだが、そのときの俺はまだ自分に素直になれなかった。

仕官の申し入れを二度ほど断ったのだ。

結局、姫様の必死の懇願と、彼女の志に共感して軍師となるのだが、詳細は省く。ただ、今にして思えば「あのとき」から俺の命は俺だけのものでなくなった。

俺の命は姫様のものであり、俺の双肩には天秤師団の将兵の命が乗っている、と感じるようになった。

その後、俺は姫様のため、一旅団で難攻不落の要塞を落としたり、姫様の総合プロデュースをしたり、炭鉱都市の住民を救ったりした。

軍師としての職務を十全に果たしたのだ。

その過程で姫様の実の兄を殺してしまったのは、ちょっとしたトラブルだった。

実はシスレイアの兄は、終焉《しゅうえん》教団と呼ばれる邪教徒と通じていて、禁断の秘技を使い悪魔化したのだ。

俺は人の心を失った彼女の兄、ケーリッヒを容赦なく殺した。わずかの逡巡《しゅんじゅん》もなく殺した。

悪魔に魂を売り、民に塗炭の苦しみを与え、シスレイアを侮辱した人間に当然の末路を用意したのだ。

――と、俺は思っているのだが、心優しい姫様はそうは思っていないようだ。

仕方ないとはいえ、実の兄を殺してしまった罪悪感からは逃れられないようで、今日も浮かぬ顔をしていた。

そのことにやっと気がついた俺は、信頼できる姫様のメイドに話しかける。

「今日も君のおひいさまは浮かない顔をしている」

その言葉を聞いた赤髪のメイドは、「……はあ」と深い溜息《ためいき》を漏らす。

「やっと気がつかれましたか、レオン様」

心底、残念そうに言うメイドのクロエ。

「戦場から戻ってきてからずっとあのように塞いでおります。このようなときこそ、愛する軍師の助言が必要でしょうに」

「女性は月に一度、塞ぎ込む日があるからそれだと思ったんだよ」

そう返答すると、クロエの冷ややかな視線が突き刺さる。デリカシーがなかったようだ。軽く咳《せき》払《ばら》いし、話題を本筋に戻す。

「まあ、実の兄と対峙《たいじ》し、死に追いやってしまったんだ。心優しい姫様ならばああもなるか」

「それが分かっているのならば優しく声を掛けてくださいまし」

「それは適切な判断かな」

「適切です」

「そうかな。なんて声を掛ければいいんだ。やあ、姫様、ご機嫌麗しゅう。このあと一緒に街を散策しないか？——君の実の兄を殺した男と、か」

「……後半部分は不要ですが、前半部分はエクセレントです」

「なるほど、外に連れ出し、気晴らしさせるのは有効だと思うか」

「はい、姫様の憂いも少しは晴れましょう」

「ならばそうしようか。どのみち暇だしな」

「その言葉の後半も不要かと」

「言葉遣いに注意しよう」

だが、それでも完璧にはなれない旨を伝える。

自分では自分の知謀を高く評価しているが、それは戦略や戦術、謀略や政治だけの話。

女心を理解し、完璧な男を演じられるほど器用ではなかった。

それはクロエも了承しているようで、わずかばかりの苦笑を浮かべながら言った。

「分かっておりますよ。世界最強の宮廷魔術師様にも苦手なことがあることくらい」

「有り難い」

と返すと、俺はそのまま姫様に歩み寄り声を掛けた。

舌の根も乾かないうちに、

「……姫様、実は今、暇を持て余しているのだが」

という枕詞《まくらことば》を使ってしまったのはさすがに自分でも呆《あき》れたが、それは事実だった。

今、天秤師団の幹部は、皆、謹慎中なのである。

悪魔化していたとはいえ、一国の王子を殺してなんの沙汰もないというのはありえない。

今、軍の上層部、それに政治の場で天秤師団の責任を問うかの裁定が行われていた。

その間、王都から一歩も出るな、とのことだが、王都を散策するのも一興だろう、と思っていた。

幸い、故ケーリッヒ殿下は、人望がないことで有名な王子だった。「仇討《あだう》ち！」と襲ってくる忠臣もいないだろう。

ならばこの機会に姫様と王都を巡り、親睦を深めるのも悪い選択肢ではなかった。

そんな考えのもと、デートに誘ったわけであるが、姫様はこころよく応じてくれた。

†

エルニア王国の陸軍には制服はない。各自、好きな服を着ていいことになっている。

ただ、規律と世間体を気にする軍人たちは、自主的に軍服を作り、軍人めいた格好をするのが常だった。

かくいう姫様とて戦場では軍服っぽい格好をする。

軍事府のオフィスにいるときも公人っぽい格好を心がけているようだ。

ちなみに今はクロエに着替えを手伝ってもらい、女の子っぽい格好をしている。町娘のような姿をしていた。

煌《きら》びやかなドレスを着ないのは、謹慎中ということもあるが、王族が目立つ格好をして街の外を歩いてもいいことがないからである。

姫様は有名人、救国の姫将軍として勇名をはせているのだ。

だからこのように質素な格好をし、人目を忍んでいるのだろう。

なかなかに配慮ある選択であるが、それに引き換え、俺の格好にはなんの工夫もなかった。

いつものローブ姿。それが今の格好だった。

一応、申し訳なく思ったので、ローブの端を持つと姫様に尋ねた。

「デートなのにこの格好はないか？」

「どういう意味ですか？」

「いや、いつも同じ格好で申し訳ないって意味さ」

「たしかにレオン様はそのローブがお好きですね、いつも同じデザインです」

「同じ服を何着も持っているんだ。毎朝、服を選ぶ時間を省略できる」

「なるほど、合理的です」

と感心してくれるが、真似《まね》しようとは思わないようだ。ま、たしかにこの方式に共感してくれる女性はいないだろう。

「ま、俺の格好はともかく、姫様もそんな質素な服を持っているのな」

「よくクロエと一緒に街を散策するのです。ですので仕立屋さんに仕立ててもらっています」

「姫様も合理的だ。上に立つ立場の人間こそ、直接、市井《しせい》の民の生活を見て、彼ら彼女らの不満をすくい上げないと」

「はい」

「君の兄上はそれが出来ていなかった。だから天誅《てんちゅう》がくだった」

「……はい」

「デートの初っぱなから不快にさせてしまったかな」

「……いえ、いずれ話さなければいけないことですから」

彼女はそう言うとまっすぐな瞳を向けてくる。

「レオン様はわたくしを気遣ってくださっているのですね」

「……不器用ながらね」

「いえ、嬉《うれ》しいです。――安心してください。気落ちはしていますが、絶望はしていません」

彼女は唇を噛《か》みしめる。

「――兄に……ケーリッヒに対しては家族らしい感情を持っていませんでした。しかし、それでも実の兄、その死に虚心ではいられません。ですが、わたくしは兄の死よりもレオン様に申し訳ない気持ちで一杯です」

「俺に対して？」

「そうです。本来ならばわたくしが決着を付けないといけないことを、わたくしひとりで抱えないといけないことを代わりにさせてしまっています」

「そんなことはない。俺は姫様の軍師だ。姫様を支える決意をしている。だから姫様は支えられる覚悟をしてくれ」

「……レオン様」

彼女は目を潤ませると、言葉を詰まらせる。

兄ケーリッヒのことについてはもう触れません、と、これ以上、俺が思い悩まなくていいように言葉をくれる。

その言葉は有り難かったが、ただ、彼女の視線は俺の左手に注がれていた。

俺は茶化しながら、

「もうケーリッヒのことで思い煩わない、そう言ったばかりだが」

と笑った。

「……これ以上、兄のことでは思い悩みません。ですが、その左手を見るたび、わたくしは罪悪感にさいなまれます」

「姫様が責任を感じる必要はないさ」

そう言うと義手の左手を右手で摑《つか》み、装着感を確かめる。

「ですが、レオン様はわたくしごときのために、大切な身体《からだ》の一部を失いました」

「ごとき？　姫様の名誉と引き換えだ。姫様の名誉ほど重いものはない」

事実だ。仮にもしも過去に戻れるとしても、何度でも彼女のもうひとりの兄マキシスを殴りつけ、彼女の名誉を守るだろう。

「それに名誉だけでなく、この腕は君の命も救った。この義手に大砲を仕込んでいたから、悪魔化したケーリッヒを殺せたんだ」

「…………」

「だから俺は一切後悔がない。今後も、これからも。もしも後悔するとすればあのとき、君の長兄のマキシスを殺さなかったことに対してだな。俺の当面の目標は君の兄、マキシスを取り除き、君をこの国の女王にすることだ」

「……わたくしをこの国の女王に」

「そうだ、さすれば君の目指す国、君の目指す世界を作ることが容易になるだろう。君がこの国の女王になれば、少なくともマキシスとケーリッヒが継ぐよりも民の幸せが約束される」

「……責任重大ですね」

「だけど君はその責任を果たすよ。滞りなく」

「根拠はあるのですか?」

「あるさ。あるに決まっている」

と言ったが、その根拠を言語化することはない。

さすがに言葉にするのは恥ずかしかった。

俺の姫様にできないことなどない、そう口にできるほど、俺は器用ではなかった。

だから代わりに軽く彼女の左手に触れると、彼女の温かさを感じた。

今後、戦場に立てば左手だけでなく、右手を失うこともあるかもしれない。

その前に彼女の手のひらの柔らかさ、細やかな肌の感覚をわずかばかりでも知覚しておきたかった。

それは彼女に対する好意から発露した行動だが、俺は彼女のことを愛しているのだろうか？　物語の中でしか恋を知らない俺としては、結論を出せぬ問いであるが、姫様は厭《いや》がることなく、俺の手を握り返してくれた。

それがなによりも嬉しかった。

†

姫様とともに街の中心部にある噴水の周りをぐるぐると回る。

文字通り回る。

三〇周くらいはしただろうか。

端から見れば奇異な行動であるが、当人たちは真面目だった。

肩が触れ合うか触れ合わないかの距離を保っている。

もしもこの光景をクロエ辺りが見たら、「意気地なしですね」と、なじってきそうだ。ヴィクトールならば「かぁー、なさけねー」と天を仰ぎ見ているかもしれない。

そんな想像を巡らせたが、それは想像で終わることなく、現実となる。

見れば十数メートル先の建物の陰から、メイド服の少女がちらちらとこちらを見ている。

「じぃ……」

という擬音が似合いそうなほどの勢いでこちらを見ている。
半身だけ物陰から出し、こちらを観察している。
無論、言葉は発していないが、心の中で、
「……レオン様の甲斐性《かいしょう》なし」
と言われているような気がした。
俺は以前読んだ小説、「メイドさんは見た！」というミステリーを思い出す。
まったくしょうもないメイドだな、と溜息を漏らすが、彼女を笑うことはできない。
この尾行は主《あるじ》であるシスレイアを思ってのこと。
それに彼女が抱いている感情は、事実無根というわけではなかった。
（……実際、俺は根性なしだしな）
戦場で大軍を指揮することはできる。
敵の裏をかき、だまし討ちすることもできる。
強敵に打ち勝ち、勝利をもたらすこともできる。
しかし、年下の女の子をデートで楽しませることはできない。
なんと不器用で情けない男なのだろう。
忸怩《じくじ》たる思いを抱くが、それでもこのまま負け犬になるほど情けない男ではなかった。
三一周目の噴水巡りを終えると、ぴたんと止まる。

くるりと回れ右をすると、緊張した面持ちで言った。

「……姫様、これから俺の好きな場所に行こうと思うんだけど、付いてきてくれるか？」

「レオン様の好きなところですか？」

突然のことにきょとんとしている姫様。

「ああ、ふたりきりになれるし、静かな場所だ。誰の邪魔も入らない――」

と言いかけて急に赤面する。

この言い回しだと連れ込み宿に連れ込むと誤解されると思ったのだ。

姫様とそういう場所に行きたくない、と言えば嘘《うそ》になるが、そのような親密な間柄ではない。

今後もそのような仲に発展することはないだろう。

なので「こほん」と咳払いをすると、言い直した。

「俺の好きな場所とは図書館だ。とても静かだし、いると落ち着く」

「まあ、図書館ですか」

口を押さえて驚く姫様。

「驚いたかな。ま、自分の職場が図書館だからな」

「レオン様は仕事熱心なんですね」

くすくす、と笑う。

「もちろんだとも。図書館に行ったら辞書を引くといい。勤勉という項目を引くと『レオン・フォン・アルマーシュ』のこと」と書かれているはずだ」

そのようなジョークで締めくくると、さっそく、図書館に向かう。

軽くクロエのほうを望み見ると、彼女は壁の内側から右手だけを出すと、親指を立てる。

つまりよくやった、ということだろう。

これ以上はデートを邪魔する気はないようだ。

「厳しいメイドさんに及第点をもらえてなによりだ」

そうつぶやくとそのままシスレイアとゆっくり王都の大路を移動した。


噴水広場から図書館までは歩いて数十分かかる。

途中、シスレイアが不審な顔をする。

「この道では王立図書館に行けませんが？」

「図書館に行くとは言ったが、王立図書館に行くとは言ってないよ」

「別の図書館に行くのですか？」

「ああ、休日まで同僚や上司の顔を見たくない。ま、たしかに蔵書数は王立図書館が一番だが。

……姫様は王立図書館がいいか？」

彼女は首をゆっくり横に振ると臆面もなく言う。

「レオン様がいらっしゃる図書館が最高の図書館ですわ」

なかなかに気恥ずかしい台詞《せりふ》であるが、勘違いはしない。

俺のような書痴の男ならば、どのような図書館も天国であるが、ごく普通の女性にとっては退屈な施設だろう。

本当ならば遊園地や動物園、水族館、あるいは王都で流行している劇団の劇などを観に行くのが鉄板なのだ。

そんな中、図書館をデート先に選ぶのはある意味無粋といえる。

しかし、姫様はそのようなことを気にする様子も見せず、微笑《ほほえ》みを絶やさない。

「レオン様は本当に本が好きなんですね。休日に他の図書館に行くなんて」

「まあな、本が俺を作ってくれた」

「と言いますと?」

「子供の頃、俺はボンボンの貴族だった。かわいげのないガキだったから、友達がいなかったんだ」

「まあ、今はこんなに可愛《かわい》らしいのに」

どこが可愛いのだろうか? と思わなくもないが、それには触れずに続ける。

「そんな性格だったからか、姉や家族が心配をしてくれてね。よく本を買ってきてくれた。幼少のみぎりの俺はそれを読んで育ったんだ」

雄壮な騎士の武勇譚《たん》。

貧相な農民が自分の中の勇気に気がつき、勇者となる物語。

魔法使いが異国の地を旅する物語。


それらに夢中になり、読みふける少年時代。

今、俺があるのはその物語の中の英雄が心の中にいるからかもしれない、そう結ぶとシスレイアは首肯する。

「たしかにその通りです。どのような大軍にも臆さない勇気は物語に出てくる無双の騎士のよう。知恵を巡らせ大軍を蹴散らす様は戦記物の天才軍師そのものです」

「ありがとう。というわけで、姫様は俺をすごいすごいと言うが、実はそうでもないんだ。すべて本の知識を引用しているに過ぎない」

「そのようなことはありません。本を読んだからといって誰しもがその『知識』を活用できるわけではありません。それを活用できるかはそのものの『知恵』次第。レオン様にはそれがあるのです」

「過大評価だな」

「適切な評価ですよ。それにわたくしはレオン様の無双の魔力や比類なき知恵だけを評価しているのではありません」

じゃあ、なにを評価してくれているんだ？　そう問い返す前に彼女は俺の胸に手を添える。

彼女は照れることもなく、素直な表情で恥ずかしい台詞を口にする。

「わたくしが評価しているのはレオン様の心にございます」

「……俺の心？」

「そうです。他者を思いやる優しい気持ち。弱気ものを憐れむ慈悲の心。それらはどのような魔力にも知力にも勝る最高の宝物にございます」

彼女はそう断言すると、花のような笑みを浮かべた。

その笑顔に魅入られる俺。

俺は俺よりも優しさと慈悲の気持ちを持つ少女を抱きしめたくなったが、彼女の姿を瞳に焼き付けることで代替すると、彼女と共に魔術ギルドの運営する図書館に入った。

†

「魔術師ギルド付属図書館？」

大きな目をぱちくりさせながらシスレイアは立てかけられた看板を見つめる。

不思議そうにしているお姫様に説明をする。

「魔術師ギルド付属図書館っていうのは魔術師ギルドが運営する図書館のことだ」

「いえ、それは知っていますが、魔術師ではないわたくしが入っても大丈夫なのでしょうか？」

「大丈夫、俺が魔術師ギルドの会員証を持っているから」

ぺらりと魔術師ギルドが発行する紋章を見せる。

「そういえばレオン様は宮廷魔術師でもありました」

「そうだ。まあ、身分証代わりに昔取ったやつだがね。会員としてはあまり活動していない。それでもたまにこうやって魔術師ギルド系の施設に潜り込むとき、役に立つ」

「レオン様が通われるということは、きっと楽しい施設なのでしょうね、ここも」

「そうだ。蔵書数は王立図書館には及ばないけど、その代わり魔術師しかいないから、静かなんだ」

「王立図書館はこの国に一定額の納税をしていれば誰でも入れますからね」

「ああ、そういった意味では民度が低くなる。しかし、ここにいるのは見ての通りインテリばかりだ」

周囲を見回すと、白髭《しらひげ》の気難しそうな魔術師、有史以来洗濯したことがないような小汚いローブをまとった魔術師などがいる。当然、皆、ひとりで静かにしている。

「ここまで静かだとわたくしたちのしゃべり声が迷惑になるのでは？」

「ところがどっこいそうでもない。本を前にした魔術師の集中力は凄《すさ》まじくてな。ちょっとやそっとじゃ乱れない」

と言うと走り回っている魔術師の使い魔をひょいと持ち上げ、もじゃもじゃ頭の魔術師の上に乗せる。

「まったく気がついていないだろう？　それに鳥の巣みたいだ」

と言うとシスレイアは笑いをこらえる。

こらえるが、いけないことだとも承知しているので、「レオン様、いけませんよ」と釘《くぎ》を刺してくる。

「了解だ。ま、話を戻すが、魔術師はこれくらい集中しているし、そもそもこいつらは器用だからな、《遮音》の魔法を掛けるのがデフォルトだ」

「たしかによく見ると皆、魔力の薄いもやで守られていますね」

「音が遮断されているから、どんなに騒いでも気がつかないよ」

「それは嬉しいです。レオン様と色々お話したいです」

そんなことを言われてしまうと少し意識してしまうが、彼女が聞きたいのは俺のオススメ図書であった。

彼女は俺を魔術師として、軍師として評価してくれているが、図書館司書としても評価してくれているようだ。

「レオン様が選ばれる本ならばきっと面白いはず。わたくしを物語の世界に没入させてくれるはずです」

「うーん、それも過大評価かもな。そもそも本というのは人それぞれ好みがあるし」

と言いつつもまんざらではない俺は、すでに書架から何冊か本を手に取っている。

生き生きと本を選ぶ。

それを見ていたシスレイアはくすくすと笑う。

「やはりレオン様は生粋の司書ですね。生き生きとしています。楽しそうです」

「それはあるかもな。少なくとも軍人よりは天職だ」

と言うと五冊ほど、シスレイア向けの本を手に取る。

その一冊一冊を説明する。

「これは世界に五人しかいない伝説の勇者のパーティーに、六人目の勇者が現れてしまう、というお話だ」

「まあ、それは興味深いですわ」

「ちなみにネタバレは好きか？」

「好きな読者っているのでしょうか」

「いないな。じゃあ、それ以上は話さないが、さらに大どんでん返しがあるのでとても面白い」

「それではこれを借りますわ」

「即断だな。まだ、一冊目だぞ」

「ですがレオン様が一番に薦めてくださったのですから、きっと一番に面白いはずです」

「ここは一度に三冊まで借りられるぞ」

「それは目移りしてしまいますが、本を読む時間が取れるかどうか……」

「姫様は天秤師団の事務仕事もやっているものな」

責任感の強いシスレイア姫は、文官に任せておけばいい些事《さじ》もすべて自分で抱え込んでしまう癖がある。よくないことなのだが注意しても改まることではないのでここで指摘はしない。

「……まあ、たしかに姫様は忙しいか。一冊でも読んでもらえるだけで嬉しいよ」

「はい。なるべく早く読んで感想をお話ししますね」

「そうだな。次のデートの楽しみにしておくか」

と言うと懐中時計を見る。

まだ夕食時までは時間があった。

クロエからは「美味《おい》しいレストランで食事をするまでがデートです」と念を押されているので、このまま解散するわけにもいかない。

それに俺は姫様の護衛も兼ねているから、彼女の館に、無事、送り届ける義務もあった。

というわけでしばらく時間を潰すため、俺の本も見繕う。

その旨を伝えると、

「王立図書館の司書様が他の図書館で本を借りるというのも変ですね」

とシスレイアは笑った。

「まったくもってその通りだけど、本は別腹というしな」

自分でも訳の分からない返しをしながら気になっていた本を探す。

自分の職場ではないので目当ての本を探すのに難儀する。ここの司書は独特の並べ方をしているので把握しづらい。

「……まったく、三流の司書だな」

と文句を垂れていると、

「まったく、その通りだぜ」

という同意の声が聞こえる。

「……ん？　今、なにか聞こえたような」

周囲を見回すが、なにも見えない。人っ子ひとり見えなかった。

「気のせいか……」

と、つぶやくと、不機嫌な声が下のほうから聞こえる。

「……おい、てめえ、わざとやっているだろう」

その不機嫌な声の主を見ると、彼は赤髪を震わせていた。

燃え上がるような色をした髪の少年がそこにいた。長髪の少年だ。

彼は魔術師のローブをまとっている。

ということは魔術師ギルドのメンバーだろうか。

そう問うとそれを肯定する赤髪の少年。

「ああ、そうだ。オレの名はナイン・スナイプス。魔術師ギルドに所属する魔術師だ」

と胸を張る。

チビのくせになんだか偉そうだ、と思うと少年はぎろりとこちらを見る。

「──今、チビのくせに偉そうだと思わなかったか？」

「まさか」

勘の鋭い少年である。

「おっと、申し遅れたが、俺の名はレオン。レオン・フォン・アルマーシュだ。宮廷魔術師兼宮廷図書館司書兼天秤師団軍師もしている」

「へえ、すごいな、肩書きが一杯だ」

「どうも」

「横の美人はあんたのコレか？」

小指を立てる。

「まさか。上司だよ」

「べっぴんだな」

「それには同意だが、口説《くど》くなよ」

「まさか、オレは小柄な女性が好きなんだよ」

お前より小さいとなると幼女しかいないんじゃ……、という言葉を呑《の》み込むと、なぜ、自分たちに声を掛けてきたか尋ねる。

「ああ、そうだった。ここの図書館って使いづらいよな。魔法言語を独自の順番に並べてるのが特に」

「だな。素直にアルファベット順でいいよな」

ナインは一通りこの図書館の司書の悪口を並び立てると、溜息を漏らしながらこんな提案をしてきた。

「レオンさんだっけ？　あんた、本の目利きがすごいな。そこで頼みがあるんだが、オレと一緒に魔法書を探してくれないか？」

「魔法書？　なんに使うんだ」

「そりゃ研究だろ、――と言いたいところだが、実は違ってね」

「言いたくないことか？」

「まあな」

ふむ、と己のあごに手を添え、ナインの全身を眺める。

派手なローブと赤髪であること以外、ごく普通の魔術師のように見えた。

まだ少年で小生意気そうなところはあるが、少年とはそういうものだろう。謙虚さは歳《とし》と共に身につけるものだった。

なので、

「まあいい、ナイン少年、一緒に魔術書を探してやる。訳も聞かない」

その言葉を聞き、喜ぶかと思ったが、ナイン少年は目をつり上げる。

赤髪も逆立てて怒る。

「つーか、ものを頼む立場だから黙っていたが、オレは成人だ。もっと敬え！」

と言うとナインは魔術師ギルドの会員証を見せる。

（……まじかよ）

たしかにナインは立派な大人だった。というか俺の一個下だ。

姫様もそれを確かめ、目をぱちくりとさせている。

それがさらにナインを不機嫌にさせるが、言葉では彼の機嫌は直らないだろう。

そう思った俺は腕をたくし上げ、本職の図書館司書の実力を見せることにした。

†

棚を巡りながら本の解説をする。

「そもそもここの図書館はなっていないんだよな」

「なっていないといいますと？」

シスレイアが尋ねてくる。

「さっきも言ったが本の順番が古代魔法言語を基準にしている。そりゃ、魔術師の常識みたいなところもあるが、一般人や非研究職の魔術師は困惑する」

「だな、オレも戦闘タイプだから困惑したぜ」

とはちびっ子魔術師のナイン。

「名前順もそうだけど、本の種類も大系別に置かれていないから困惑する」

俺は「愛の営み」と書かれた本を生物学の棚から、恋愛小説の棚へ移す。

「題名だけでジャンルを決めるとこういうことになる」

と他にも間違ったジャンルに置かれている本を直していると、シスレイアはくすくすと笑う。

「ん？　なにかおかしいかな？　ジャンルはあっているはずだけど」

「いえ、本の並びがおかしいのではなく、文句を言いながらも嬉々《きき》として本を並べるレオン様がおかしくて」

「そんなに嬉しそうにしていたかな、俺」

シスレイアはこくりとうなずくと、ナインも同意する。

「レオンは本が好きなんだな」

「まあな。この世でもっとも尊いと思っているよ」

事実、俺の最終的目標は静かに図書館司書として人生を終えることであった。

無論、姫様の夢「恒久的な平和」をかなえる努力はするつもりであるが、姫様の夢が一段落したら、あとはすべて姫様に任せ、図書館に引きこもりたかった。

それが俺の願望なのだが、しばらくはその願望を果たせそうにない。

平和というのは願っただけではかなえられないからだ。

平和を得るには『力』が必要なのである。軍事力、政治力、外交力、あらゆる力を得て、初めて平和は訪れるのである。

と考えていると、少年の燃え上がるような赤髪が目に入る。

（……というか、こいつ、よく見るとなかなかの魔力だな）

魔力を通して彼の身体を見ると、燃え上がるようなオーラが見える。

また歩き方も堂に入っており、戦闘の心得もあるようだ。

（……天秤師団はできあがったばかりで人材不足なんだよな。……特に魔術師が不足している）

戦略級の魔術師がもう二、三人ほしいところであるが、それは贅沢《ぜいたく》の言い過ぎだろう。

せめて戦術級でもいいので、従軍魔術師を増やしたいところであるが。

こいつをスカウトすればどうなるだろうか、天秤師団の魔術師たちを束ねられるだろうか。

ちびっ子魔術師が大柄男たちを指導する姿はなかなか思い浮かばなかったが、とあることに気がつく。

「なんか、焦げ臭い匂いがするな」

「焦げ臭い匂いですか?」

シスレイアはくんくんと子犬のように鼻をならすが、彼女の鼻孔には届いていないようだ。

「火事でしょうか?」

シスレイアは真剣な面持ちで尋ねてくる。

いや、違う、と首を横に振る俺。

「これは現在進行形で燃えている匂いじゃないな」

「と言いますと?」

「二、三日前に燃えた匂いだ」

「かなり最近ということですね」

姫様がうなずくと、ナインは興味深げな表情を浮かべた。

「へー、あんた、やるじゃないか。まるで盗賊ギルドの盗賊のようだ」

「お褒めにあずかり恐縮だ」

恐縮せずにそう言うと続ける。

「その表情は、お前はなぜこのような匂いがするか、知っているな?」

と言うとナインは少年のような笑みを浮かべ、「てへへ」と言った。

「さすがは天秤師団の軍師様だ。なんでもお見通しだ」

「お前がなにものであるかは知らないよ」

「言ったろ、ただの魔術師ギルドの会員さ。——ただし、その会員資格もなくなりそうだけど」

「それがこの焦げ臭い匂いと関連しているのか？」

「そーだよ」

「なるほどな。おおよそ想像がつく」

「ほう、聞かせてくれよ」

「火気厳禁の図書館で焦げあとの匂いがするんだ。おそらくはなにものかが忍び込んで魔術書でも焼いたんだろう」

その言葉を聞き、ナインは目を瞠《みは》る。

「さすがは軍師様だぜ」

「驚くのはまだ早い。俺はその魔術書を焼いた容疑者となっているのがお前だと思っている、違うか？」

「……どうしてそう思った？」

「なんの関係もなかったら、なんの脈絡もなく本探しを頼まないだろう。本当のところは本を燃やした犯人を捜して自分の容疑を晴らしたいんじゃないのか？」

その言葉を聞いてナインは灼眼《しやくがん》を見開く。

「……へへっ、とんでもない魔術師に声を掛けちまったのかもな。オレの運もまだまだ捨てたもんじゃない」

その言葉は俺の耳にも入ったが、特に気を留めることなく、現場に向かった。

ナインが案内してくれたのは、書架に置かれていない貴重な蔵書を保管する場所だった。

それらの本を読むのには許可がいり、特別な人しか読めないのだ。読みたいものは魔術師ギルドの申請書を書かなければいけない。

その申請許可はなかなか下りないはずだが、と思っていると、シスレイアは俺の袖を引く。

「レオン様、ショウケースに近寄りすぎです。……それに涎《よだれ》が」

「……おっと」

いけないいけない、貴重な蔵書群を見て司書の魂がうずいてしまった。

さすがは魔術ギルド、王立図書館にもない貴重な魔術書がいくつも置かれていた。

冷静に検分していると、シスレイアが見たままを口にする。

「……たしかに燃えています。ショウケースに入った魔術書がいくつか灰になっています」

「だな。順番に灰になっているわけではないな」

見れば燃えている本は三冊。隣り合っているものはひとつもない。

「なにか法則性があるのでしょうか？」

俺はいくつかの魔法書の題名を読み、推測する。

（すべてが四大元素に関するものだな。しかし、『火』に関するものだけ少ない。残り一点だ）

ということは燃やされたのは火に関する魔術書？　と推測をしていると、第四の人物が声を張り上げる。

「そこの三人、なにをしているのですか!!」

その声に俺たちは振り向く。

†

俺たちに声を掛けてきたのは険のある、片眼鏡を掛けた女性だった。

いかにも司書、オールドミスという感じの女性だ。

さぞ婚期を逃しているのだろうな、と思ったが、彼女の薬指には指輪があった。

意外だな、と失礼な感想を抱いていると、彼女は片眼鏡をくいっと上げながら言った。

「あなたたち、部外者でしょう。なぜ、ここにいるの？」

その声はやはり険が籠もっていた。それはそうか、たしかに俺たちはここの部外者で、おそらく彼女は関係者。彼女にはここの蔵書を守る責務があるはず。

そこに本を燃やしたと思われる容疑者のナインと、見知らぬ男女が一組いるのだ。敵愾心《てきがいしん》を持つな、というほうが無理である。

なんと返答したらいいだろうか。ナインに目を配るが、彼もここにいるべき正当な理由はないようだ。困っている。

このままでは衛兵に突き出される。

お得意の魔法で眠らせるべきか、と悩んでいると意外な人物が助け船を出してくれた。

「勝手に入ってきてすみません」

ぺこりと行儀良く頭を下げた後に、シスレイア姫は身分を明かす。

「わたくしはシスレイア・フォン・エルニア。この国の第三王女です」

「シスレイア姫!?」

王族であるものが突然来訪して驚かぬものなどいない。

またシスレイアは巷《ちまた》で話題の姫将軍であった。一流の舞台役者よりも有名な存在なのだ。

そう思っていると、彼女は役者のように雄弁に語る。

「部外者立入禁止の場所に勝手に入ってすみません。ですが、この建物に入る許可自体は頂いております。わたくしどもがなぜ、ここにやってきたのかといえば、貴重な『火』の魔術書がここにあると聞いたからです。よろしければですが、火の魔術書を閲覧させていただけませんか？」

上手《うま》いな、と思った。王族であることを鼻に掛けることなく、さりげなく協力を取り付けようとしている。

結婚指輪をした司書らしき女性は、

「……分かりました。私はこの国の臣民です。姫様の要請とあれば」

と了承してくれた。

さすがは姫様だ、と思ったが、司書らしき女性は少し浮かない顔していた。それが気になったが、彼女はその表情を振り払うと言った。

「しかし、ご覧の通りですが、この部屋にある火の魔術書はあらかた消失しました」

彼女は表情を険しくすると続ける。

「一連の貴重な魔術書がなにものかによって消失させられたのです。『灰』を盗み出すために貴重な魔術書を焼くなんて信じられない」

険しい目は赤髪の魔術師ナインに向けられるが、彼は反論する。

「まるで俺が犯人みたいな物言いだな」

「そうは言っておりませんが、容疑を掛けられているのは知っているでしょう。なのに軽率にもこの場所に忍び込むなんて」

「このままだと本当にオレが犯人にさせられそうなんでな。自分で自分の無実を証明したい」

「炎系魔術ばかり練習して他の教科をおろそかにしてきたあなたが、そのようなことをできるわけないでしょう」

「炎に魅入られた男、火に耽溺《たんでき》する男だからな、オレは」

戯《おど》けるように言うが、司書らしき女性は笑うことはない。「まったく、あなたは……」と呆れていた。どうやらふたりは顔見知りのようである。

「おふたりはもしかしてお知り合いなのですか?」

姫様が遠慮がちに聞く。

ふたりは吐息を漏らしながら首肯する。

「この眼鏡のおば……いや、女性はオレの魔術学院時代の先生だよ」

「まあ、お師匠様なのですか」

「その他多くいた教員のひとりです」

と即座に否定する司書らしき女性。どうやらナインの師匠認定は厭なようである。

「私の名前はオクタヴィア。オクタヴィア・フォン・レビックです。今はここで司書をしています」

「旧姓はマルトアリルトテリウスっていうんだぜ。舌をかみそうだよな。て言うか、よく結婚できたというか、もらい手がいたよなあ。当時からこんなツンケンした先生だったんだぜ」

茶化すとオクタヴィアはきっとナインを睨《にら》み付ける。

ナインは怯《おび》えた振りをして、

「おお、怖い」

と言うが、あまり怖がっていないようだ。

学生時代の彼、教員時代の彼女の関係がありありと想像できた。

悪戯《いたずら》小僧とそれに手を焼く教師、というのが本当のところだろう。

校則を破るために生まれてきたようなナインと、それを守らせるために生まれてきたようなオクタヴィア、さぞ相性が悪かったことだろう。

しかし、今は彼らの学生時代の論評をする時間ではない。

ナインの容疑を晴らし、火の魔術書を焼いた犯人を捜すのが俺たちの目的であった。

なので俺ははっきりと告げる。

「俺は天秤師団の軍師レオンだ。今現在、このナインという男を師団の従軍魔術師にスカウトしようと思っている。だからこの男に協力し、やつに掛かっている嫌疑を取り除きたい。魔術師ギルドの幹部には軍部から正式に調査の依頼を出す。だから協力して一緒に犯人を突き止めてくれないか？」

その言葉を聞いたナインは意外そうな顔をした。

問題児であるオレを軍に引き込むとは正気か、という顔していたが、反論することはなかった。

オクタヴィアも軍の正式な要望、と言われれば反論することはできなかった。

「……分かりました。捜査に協力します」

と言うと俺らにこの図書館のどの部屋にも入れる許可証を発行してくれた。

最後まで厭々《いやいや》というていを崩さなかったが、それでも迅速かつ丁寧に許可証を発行してくれた。

その姿を見てナインは俺にだけ聞こえるように茶化す。

「オクタヴィア先生はツンデレなんだよな。なんだかんだで最後はＯＫしてくれる」

学生時代の感覚が抜けきらないが、不思議と憎めない男だと思った。

俺の視線は無邪気なナインからオクタヴィアに移る。

「……さて、ナインはともかく、あの夫人はどうなのだろうか」

教師時代からツンケンしていそうではあるが、問題なのはそこではない。

彼女はなにか隠している、そんな気がしたのだ。

それがなにかはまだ分からないが、それも調査の過程で判明すると思った。

†

こうして正式に調査をすることが許された俺たちであるが、まず事実関係を確認する。

「ナインに詳細は聞いているけど、一応確認の意味も込めて」

と前置きした上で司書オクタヴィアに尋ねる。

「今回の騒動は、一冊の魔術書が燃えたことから始まった、ということでいいか?」

「ええ、そうです」

オクタヴィアは肯定すると詳細を話す。

「先月の初めでしょうか。この部屋で管理されている高名な魔術書の原本が、なにものかによって燃やされました」

「なにものか、というと人為的なものだと判断されているのか？　魔術書ってやつは案外勝手に燃えることもあるぞ」

「そうなんですか？」

「ああ、火の魔術書なんかが顕著だな。火の魔術書自体が高温になっていて、なにもせずとも発火することが多々ある」

「まあ、怖い」

「木の魔術書や風の魔術書が隣に置かれるとそれに反応して発火し、大火事になることもあるんだ」

「さすがはレオン様です。博識です」

「図書館司書の常識だよ」

とオクタヴィアのほうを見ると、彼女はこくりとうなずく。

「この図書館でも火と風の魔法書は離しておいていました。火と水の魔法書を隣り合わせたり、空調に気を遣ったり、基本は守っています」

「なのに発火したのですね」

むむう、とショウケースを覗《のぞ》き込むシスレイア。可愛らしい。

「軽く調べた限り、自然発火でないのはたしかだな」

「やはり作為的。つまり、放火ということでしょうか？」

「おそらくは」

「その犯人さんを捜すのが我らの使命なのですね」

「犯人にまでさん付けするのが姫様らしいが、まあ、そんな感じだ」

そのようなやりとりをしていると、ナインが言う。

「人為的というのは疑いようがない。錬金術師が調べたが、本には油のようなものが撒《ま》かれていた」

「油ですか」

「種類は分からないがな」

「それと炎魔法で着火した形跡がある」

「さすがは炎の魔術師さんですね」

「その異名のせいで疑われているんだけどね」

「皮肉なことだな。まあ気にするな、犯人の目星はついている」

「なに？　本当か」

「ああ、ただ、動機が分からないんだよな」

「動機なんてあとから解明すればいいだろう。ふん縛って拷問すればいい」

粗暴な意見だが、効率的ではある。ただし、インテリを自称する軍師には似合わぬ論法であった。

「というわけで今からその犯人をいぶし出す」

「どうやって？」

「簡単さ、今から残っている最後の火の魔術書を運搬する」

「運搬？　ですか？」

シスレイアはきょとんとする。

「そんなことをして意味はあるんですか？」

「あるよ。簡単な論法だ。犯人は明らかに火の魔術書に拘《こだわ》りがあるよな？」

「はい。焼かれているものはすべて火の魔術書です」

「さらに目的はその魔術書の知識ではなく、魔術書そのものにある」

「たしかにそうです。知識が目的ならば焼くのは非合理的です」

「ああ、しかも調べたところ魔術書の灰が不自然に持ち去られているらしい」

「なるほど、それならばその灰が目的ということですね」

「そういうことだ。おそらく、秘薬か霊薬の素材にするのだろう」

「貴重な魔術書ですから素材として最適かも」

「知識を灰にして素材にするとは人類に対する冒瀆《ぼうとく》だが、犯人もなにか理由があるのだろう」

俺は続ける。

「――理由があるからこそ、最後の魔術書が運搬されるとなれば、犯人も動き出すはず」

と言うと一同の顔を見るが、ひとり反対するものがいる。

図書館司書のオクタヴィアだ。

「――理論は正しいです。それは認めますが、貴重な魔術書を運搬するなど、ありえません」

「このままだと最後の魔術書も燃やされるぞ」

「それはありえません」

「なぜだ？」

「二度とあのようなことがないように魔術書の警備を厳重にしているからです」

「部外者の俺たちが入ってきたが？」

「…………」

「というわけだ。論破だな」

そう言い切ると、俺は魔術書を王立図書館に移す旨を告げる。

「今からここの図書館長に談判してくるが、まあ、俺の論法を聞き届けてくれるだろう」

「たしかに」

ナインも納得し、そのまま図書館長のところに向かおうとするが、それを止めるものがいる。

オクタヴィアである。正確には止めるのではなく、代わりに向かうという提案だが。

「……分かりました。図書館長には私が具申します」

と言うと彼女は俺たちに背を向ける。

「よろしく頼むよ」

と彼女の背中に言うと、彼女が戻ってくるのを待った。

――しかし、なかなか彼女は戻ってこない。

「……なにかあったのでしょうか？」

シスレイアが不安に駆られた表情をする。

「……なにかあったのだろうな」

「まさか、犯人が彼女を襲ったとか？」

「あり得るかもな。なにせ貴重な魔術書を焼くような凶人だ」

首肯するナイン。

「俺たちがいるのを見て警備が厳重になったと逆上したり、あるいはオクタヴィア先生を人質に取ろうとする可能性もあるな」

「そういうことだ。というわけでこれから館長室に向かうが異存があるものはいるか？」

全員を見るが首を横に振るものはひとりもいなかったので、館長室へと向かった。

†

魔術ギルドの図書館長の部屋は、魔術書の保管庫と同じフロアにある。

ただし、同じ階層の端と端に分かれているので、それなりに歩くが。

「同じ階なのにそれなりに離れていますね」

俺と同じ感想を抱いた姫様に言う。

「図書館ってのは案外、広いんだよな。建物も広くて立派だ」

「エルニア王国は知を大切にする国柄です。こういった施設に出資は惜しみません」

「俺の職場である王立図書館も立派だしなあ」

他人事《ひとごと》のように感想を漏らす。

「俺の同僚は建物よりもそこで働く職員に金を払ってくれと不平を言っているがな」

「……申し訳ありません。わたくしが女王になったら、お給金を上げます」

本当に申し訳なさそうに言うのでフォローする。

「ああ、気にしなくていいよ、それに今のは俺の同僚の言葉だ。俺自身は本好きだから、施設が充実するのも嬉しい」

事実である。本というやつはかさばるし、保管が難しいので必然的に建物が立派になるのである。

地震があっても本が無事なように造りが異様にしっかりしていたり、防火のために専用の鎮火設備が敷設されていたり、とにかく、金が掛かっている。

また、毎年のように増える新刊のため、潤沢にスペースを用意せねばならず、必然的に広くなるのは当然であった。

——当然であったが、それにしても広い。

そう思った俺であるが、とあることに気がつく。

先ほどと同じ本棚を見つけたのだ。

「……さっきと同じ本棚だな」

最初は同じものをあえて重複しておいているのかと思った。より多くの閲覧者に見てもらう処置かと思ったが、それは違うようだ。

三つ目の本棚を発見したとき、違和感が確信に変わる。

「……どうやらいつの間にか図書館じゃない場所に招待されたようだな」

「図書館ではない場所？」

シスレイアが周囲を見回したのは、違和感に気がついたからではなく、俺への信頼感ゆえだった。

「……なにが起こっているのでしょうか？」

「おそらくだが、俺たちをこころよく思わない魔術師によって異空間にいざなわれた」

「!?」

驚愕《きようがく》の表情を浮かべる一同。

「その魔術師とは誰なのですか？」

シスレイアは尋ねてくるが、その答えは言えない。

「証拠もなく犯人呼ばわりは嫌いでね」

「分かるわ」

と皮肉気味に首肯するナイン。

「ただ、まあ、例の放火犯であるのは間違いないかな」

「やはりそうなのですね」

「さすがに偶然にしてはすぎるからな」

「オクタヴィアさんも捕まっているのでしょうか?」

「可能性は高いんじゃないかな」

「それでは一刻も早く救出せねば」

「同意」

というわけでそのまま散開し、三人で周囲を調べ始めるが、やはりここは普通の本棚と違った。

「無限に回廊が広がっているようです」

「それに本棚の本は偽物だ。全部、白紙だぜ」

ぺらぺらとめくるナイン。背表紙のタイトル以外、なにも書かれていない。

「いえ、書かれているものは書かれていますね」

反対側の本棚には内容が書かれているものもいくつかあった。

「もしかしたらこの空間を作った魔術師が読んだか否かが関係しているのかもな」

「そうかもしれません。そうだと仮定すれば本の傾向から犯人を捜し当てられるかも」

「さすがにそれは時間が掛かりそうだ」

本棚は無限に続いていた。

「たしかに面倒くさいよな」

「そうだな。俺たちの第一目標はこの空間からの脱出。それにオクタヴィア女史の救出だ」

「そうでした。ことの優先度を間違えてはいけませんね」

ナインは手始めに右手に炎を作り始める。

それを本棚に投げつける。

そんなことをすれば大火事になる、と言いたかったが、ここは異空間、ナインが投げた炎は意外な反応を見せた。

本棚に当たった火球は、爆発はしたが、燃え広がることはなく、ぐにゃりと空間に穴を開けた。

「やるじゃないか、さすがは炎の魔術師」

「もっと褒めてくれ」

そううそぶくナインと共に開いた穴に入る。

するとそこは病院のような場所だった。

「……なんか、ホラー映画だな、誰もいない病院って」

「そうだな。ていうか、これは術者と関係しているのだろうか」

「多くの場合は術者の心象風景を映しだしていることが多い」

「へー、犯人は看護婦か医者か？」

「患者という可能性もありますね」

「その家族かもな。その辺は分からない」

と片っ端から病室のドアを開ける。

ホラー小説ならば血みどろの手術室や臓腑《ぞうふ》が飛び散っている部屋が出てくるのだろうが、そんなことはなく、どの部屋も至って普通であった。

——ただし、危険がないわけではないが。

病室と思われる場所に、一匹の魔物が潜んでいた。

「あの異形の化け物はなんでしょうか？……馬に似ていますが、馬ではありません」

「あれは夢馬だな」

「夢馬？」

「スレイプニルってやつだ。人の悪夢を好む趣味の悪い馬型の魔物だ」

「なるほど。して、おとなしいのでしょうか？」

「おとなしければ戦闘を回避したいところだが、やつは発情期のようだぞ」

俺たちの存在に気がついた夢馬スレイプニルは、鼻息荒くこちらに振り返る。

筋肉がこわばり、血管が浮かび上がっている。

歯を見せ、涎が地面にしたたり落ちている。

どうやら俺たちを殺したくて仕方ないようだ。

「というわけで戦闘だ。姫様は下がっていてくれ」

「はい」

俺のことを信頼してくれているのだろう。素直に従ってくれる。

少し後ろに下がり、

「レオン様、それにナイン様、がんばれー！」

と声を上げてくれている。

その様子を見てナインは、「……天然だな、可愛いが」と、つぶやく。

「すべてにおいて同意だが、惚《ほ》れるなよ」

「俺は年上好きなんだ」

そう言うとナインは身体中に炎をまとう。《炎身》の魔法だ。

「……ほう」

と感心してしまったのは、なかなかに素晴らしい魔法だったからだ。

「普通の《炎身》じゃないな」

「オレのオリジナル魔素も入っている。炎の外周部が蒼いだろう」

「ああ、高温の証拠だ」

「それだけでなく、殺傷力も凄まじいぜ」

と言うと脱兎《だっと》の勢いでスレイプニルに向かう。

ナインはなんの躊躇《ちゆうちょ》もすることなく、スレイプニルの腹口に拳をめり込ませる。

その一撃にスレイプニルは、いななきというよりも絶叫を上げた。

圧倒的一撃である。

これは俺の出番はないかな、と思っていると、病室の端に黒い穴が浮かび上がり、そこから二匹目の夢馬が現れた。

その光景をやれやれ、と見つめると俺は杖《つえ》を握りしめた。

†

二匹目の夢馬は先ほどよりも巨大だった。

一回りほど大きい。

真っ黒な馬体はまるでカバのようであった。

しかし、カバとは思えぬ速度で攻撃してくる。最初のスレイプニルを圧倒しているナインに対し、蹴りを入れてくる。

気を抜いていたわけではないだろうが、巨体に似合わぬ速度に虚を衝《つ》かれたナインは、スレイプニルの攻撃を見つめるだけだった。

馬の蹴りの威力は凄まじい。

馬に蹴られて死ね、という言葉は比喩表現ではなく、馬の蹴りは本当に死ぬくらいの破壊力があるのである。

俺はとっさにナインを蹴っ飛ばすと、スレイプニルの攻撃をかわす。

先ほどまでナインの頭部があった場所を、野太い馬の足が通り過ぎる。その足はそのまま病室の壁を破壊していた。

「……なんて威力だ」

「……助かったわ、レオンの兄貴」

そう言うと俺はナインにシスレイアを連れて後退するように命じる。

「醜態は見せたが、戦闘では役に立つつもりだぜ」

「それは知っているが、ここで戦うのは不利だ」

ここは病室のような空間、現実の病室よりかなり広いが、それでもかなり狭い。体力自慢の馬と戦うのは不利すぎる。

「逃げながら対策を練る」

俺の発言にナインは眉をひそめる。

「軍人って生き物は『逃げる』っていう言葉が嫌いだと思っていたけど」

「らしいな。俺も聞き及んでいる」

「他人事だな」

「他人事なんだよ。俺の本職は図書館司書だ」

「その割には頭が回るみたいだが」

「悪知恵が働く、と言い換えてくれ」

そう言うと俺は《閃光《せんこう》》の魔法を唱え、言い放つ。仲間は目を背けてくれる。無論、スレイプニルたちには言葉は通じないから問題ない。

事実、彼らは閃光によって目をくらませると、数秒だけだが隙を作ってくれた。

そのまま俺たちは病室を飛び出すと、走りながら対策を練る。

「こういうときは地形を利用するものだが」

周りを見るが、ここは病院、大したものはなかった。

「貴族の館ならば立派なシャンデリアを落とすとか、街中ならば煉瓦《れんが》を利用するとか、いくらでも方法はあるんだけど」

「手術室に麻酔があると思うぞ」

「馬に、これからお前に麻酔を掛けるので、このマスクをしてくれ、と頼むのか」

「無理だな」

「だろうな。だが、無為無策ではいられない」

と言うと俺は右手にある通路を見る。

「ここなんかいいかもな。適度に狭くて長い」

「さっきは狭いところはダメって言ってなかったか」

「戦況は時間と共に変わるんだよ。いいアイデアを思いついた」

と言うと俺は振り返り、呪文を詠唱する。

「禁呪魔法を使う」

「へえ、それは見物だな」

「他人事のように言うな、ナイン。悪いが前線に張ってやつらを引きつけてくれ」

「そうくるか」

厭々というていだが、素早く前線に移動し、壁になってくれた。

「わたくしはなにをすればいいでしょうか？」

シスレイアは真剣な表情で尋ねてくる。

正直、戦闘力という意味では彼女は役に立たない。

ただ、それでも俺に協力したい、他人に尽くしたいという気持ちを止めることはできない。

なので俺は彼女に微笑むと言った。

「……それじゃあ、俺たちのために祈ってくれ。あの馬の怪物を串刺しにできることを」

「分かりました。レオン様とナイン様の無事を祈り、勝利を願います」

というと彼女は自分の信じる神に対し、祈り始めた。

その姿は修道女のように清らかで、聖女のように気高かった。

そのまま宗教画として後世に残したいくらいであるが、今は無理なので諦めると、禁呪魔法の詠唱を始める。

禁呪魔法とは古代魔法文明の魔術師が開発した秘術である。かなり難しい詠唱と技法を必要とする魔法だった。

要は高難度魔法なのだが、その難しさに比例し、威力も凄まじかった。

全神経を詠唱と動作に集中させると、呪文の完成を待つ。

その間、スレイプニル二体を引きつけてくれているのは炎の魔術師のナイン。彼は全身に炎をまといながら二匹のスレイプニルと拮抗《きっこう》している。

その姿はなかなか様になっているが、戦況は不利であった。

小柄なスレイプニルはなんとかいなしているようだが、大型のスレイプニルには圧倒されている。炎の魔法が通じず、致命傷を与えられないのだ。スレイプニルは巨軀《きよく》を駆使し、ナインを攻め立てるが、その間、俺は呪文を唱えることしかできない。

歯がゆい限りであるが、それも永遠ではなかった。

ナインがスレイプニルの攻勢に耐えられなくなり、スレイプニルがその巨軀で小柄なナインを踏み殺そうとした瞬間、俺の呪文は完成する。

そのことを肌で察したナインは、にやりと笑うと側転する。

つまり、俺とスレイプニルの間に障害物はなくなった、ということだ。

「雄々しき万能の神オーディンよ、
汝《なんじ》の智恵《ちえ》で作りし、神聖なる槍《やり》によって、巨馬を串刺しにせん。
叡智《えいち》の槍によって世界を貫通せよ」

古代魔法言語でそう宣言すると、俺の右手が光って唸《うな》る。

巨馬を串刺しにしようと、古代ルーン文字が刻まれた神聖な金属が一直線に伸びる。

一直線に伸びた槍は、まずは小柄なスレイプニルの身体を突き刺す。

まるでバターに針を通すかのようにすうっと突き抜けるオーディン・ランス。

小型スレイプニルは一瞬で絶命するが、問題なのは大型種のほうだ。

やつの馬力は心臓を破壊しない限り抑えることはできないだろう。そして残念なことにオーディン・ランスは心臓をわずかに捉えることができなかった。

右胸部を貫かれた巨馬は激痛のため暴れ回る。ナインに報復しようとするが、俺はそれを許さなかった。

右手から伸びる聖なる槍に魔力を送り込み、こう唱える。


「爆!!」

すると聖なる槍は光りだし、爆散する。

破裂した聖なる槍は圧縮された力によってスレイプニルの血肉も切り裂く。

骨身も砕く。

スレイプニルは一瞬で肉塊になると、悲鳴を上げる間もなく絶命した。

その光景を見てシスレイアはつぶやく。

「……すごい」

と。

さて、それはどうか分からないが、当面の危機を脱することに成功したのはたしかだった。

†

夢馬と呼ばれる魔獣二体を倒した。

異空間だからだろうか、死体もすぐに消えたが、問題なのはその魔獣を誰が召喚し、使役していたかである。

ナインも同じことを考えているようで、巨馬との戦闘で破れた衣服を取り繕いながら言った。

「というか、あんな強力な魔獣を使役するってことはそれなりの魔術師なんだろうな」

「おそらくは。少なくともマスター級だろうな」

「マスター級？」

首をかしげるシスレイア。

「ああ、つい魔術用語を使ってしまったな。マスター級ってのは、要は弟子を取り、人に教えられるくらいの魔術師ってことだ」

「なるほど、つまりお師匠様ということですね」

「そういうことだ――」

と言うと俺の言葉はそこで止まる。

シスレイアの思わぬ言葉で改めて犯人像が明確になったのだ。

（……やはり、魔術書を燃やし、この異空間を作ったのはあの人か）

そう結論づけると同時に、ナインの身体が燃え上がっていることに気が付く。

どうやら敵が現れたようだ。

ナインは感情を高ぶらせながら言った。

「オクタヴィア先生!!」

ナインの視線の先には、黒い影の化け物に縛られている女性がいた。

魔術の縄を用いて縛られているようで、苦悶《くもん》の表情を浮かべている。

俺は軽く、「女教師、苦悶の荒縄」という官能小説のタイトルを口にしかけたが、途中、横にシスレイアがいることを思い出し口をつぐむ。

その代わり、ナインが大声を張り上げる。

「貴様か!?　先生を誘拐し、オレたちをこの空間にいざなった悪魔は!?」

「…………」

黒い影は沈黙によって応えるが、近づけば殺す、という意思表示はする。身体の一部を鎌に変え、オクタヴィアの喉元に近づける。

「っく、先生を人質に。この卑劣漢が!!」

シスレイアも呼応する。

「女性を人質に取るとは看過できません！　それに己の姿を影にして隠すのも気に入りません！」

シスレイアとナインは怒りを隠さない。

ただ、その姿を滑稽に思い笑うものがいた。


「はっはっは」


と異空間に響き渡る声。

その声の持ち主の名は、レオン・フォン・アルーマシュという。

つまり俺だった。

「レ、レオン様!?」

シスレイアは俺の気が狂ったのかと心配そうにしている。

ナインは場違いな俺の笑いに怒りを覚えているようだ。

「レオンの兄貴よ。いくらあんただからって笑っていいときと悪いときがあるんだぜ」

その言葉に真摯に反応する。

「いや、そうか。そうだな、悪かった。しかし、あまりにも滑稽だったのでつい笑ってしまった」

「異空間に閉じ込められ、自分の恩師が閉じ込められたのに笑っていられるか」

「そうか、すまない。というか、お前、オクタヴィア女史のことが好きだったんだな」

「なっ!?」

顔を真っ赤にするナイン。

「ち、ちがっ。馬鹿、誰があんなおばはん」

「無理するなって、その態度で分かる。初恋の女性を人質に取られたら誰だって怒るよな」

「そうなのですか？　ナイン様はオクタヴィアさんのことが好きだったんですか」

まあ、と口元を押さえる。

「…………」

この期に及んで、ましてやこのような場所で隠し立てする余裕はない、そう思ったのだろう。ナインは頬を染め上げながら言う。

「……うっへー、ああ、そうだよ、そう。若気の至りってやつだよ。学生時代、オレはあのおばはんのことが好きだったんだよ」

その言葉を聞いたオクタヴィアを見るが、彼女にさしたる反応は見られなかった。

ただ、わずかばかり表情に影が入ったような気がする。

それを見て俺の疑念は確信に変わったので、ナインのほうへ振り向くと、彼に謝る。

「………………」

深く頭を下げる俺を見てナインは真剣な表情になる。俺が茶化す気がないと分かったのだろう。

俺がこれから重要なことを言おうとしているのを察してくれた。

なので俺はオクタヴィアに向かって話す。

「――というわけだ。あんたも元教師ならば、自分のことを好いて、こんなところまで助けに来てくれた元生徒に対し、虚心ではいられないだろう。いいかげん、芝居はやめてくれないか」

そう言うとオクタヴィアは明らかに身体をピクリとさせた。

やっと俺に視線を合わせ、唇を動かす。

「……いつから気が付いていたのですか」

「いいね、犯人と探偵の会話だ。ならば俺もお約束通りの言葉を言う。『最初から』だよ」

その言葉にシスレイアは混乱する。

「レオン様、どういうことですか？」

「そのままの意味さ。魔術書を焼き、ナインに罪をなすりつけようとし、俺たちをこの空間にいざなったのはこの女だ」

「なっ!?」

驚愕の表情が深まるシスレイア。ナインは悲痛に表情を曇らせている。

「そんな、なにを根拠にそのようなことを?」

「根拠はあるよ。それこそオクタヴィア女史が最初に言った言葉、それが疑惑の端緒だ」

俺は一同に彼女の言葉を反芻《はんすう》する。


一連の貴重な魔術書がなにものかによって消失させられたのです。『灰』を盗み出すために貴重な魔術書を焼くなんて信じられない。


それが彼女が最初に言った言葉である。

と説明すると、一同は数秒後に違和感に気が付く。

「……あ、灰……」

「正解だ。オクタヴィア女史は犯人の目的を最初から知っていたんだよ、だから俺は彼女を最初からマークしていた」

「しかし、それは彼女も調査して推察に至っていただけかも」

擁護気味に言うシスレイアに反論する。

「他にも根拠はある。燃やされる魔術書がなぜか火系統ばかりというのは、それらに執着すればナインに罪をかぶせられると思ったのだろう。他の魔術書に被害がないのは司書としてのプライドで、目当て以外の貴重な魔術書が消失することを恐れたんじゃないかな」

「…………」

オクタヴィアを見るが、彼女は小さな声で、

「……さすがは司書ね。なんでもお見通しか」

と言った。

「先生……」

うなだれるナイン。元教え子にオクタヴィアは告解する。

「そうよ。一連の犯行はすべて私が実行したの。私の夫は病気なの。不治の病でね。魔術書を素材にした霊薬を作らないとその命が危ないの」

「現在進行形ということは、まだ材料がいるんだな」

「そうよ。最後の一冊を燃やして灰を手に入れようとしたらあなたたちがきたから。しかも、軍に捜査介入させると言うし、時間がなかったの」

「だから亜空間に放り込んで始末しようとしたのか」

「……戦闘不能にさせてしばらく亜空間にいてもらおうとしただけ」

「その割には手荒でしたね」とはシスレイアの言葉であるが、オクタヴィアの顔はよく見れば穏やかだった。おそらく、その言葉に嘘はないだろう。だから俺はこれ以上、彼女を傷つけたくなかった。

だから投降を彼女に勧めるが、彼女はそれに従ってはくれなかった。

「……レオン・フォン・アルマーシュ。それにナイン・スナイプス。申し訳ないけどそれはできない。私の夫は『灼熱病《しゃくねつ》』という病で今もベッドの上で苦しんでいるの。だから最後の魔術書を手に入れ、霊薬を完成させないと」

「そのために貴重な魔術書の原本が失われてもいいのか？」

「……夫を愛しているの」

それが免罪符となり得ないことを承知の上で彼女は言うと、己の周りに魔力をまとわせ、影の悪魔を使役し始めた。

どうやら戦闘になりそうである。

残念な気持ちになりながら、再び愛用の杖を握り直した。

†

俺たちとオクタヴィアの戦闘はすぐに始まった。

彼女は懐からロッドを取り出すと、周りに冷気をまとわせる。

左右に巨大な氷塊を作り上げると、それを器用に動かし、物理的に攻撃してくる。

氷塊の大きさ、軌道は尋常ではなかった。

ナインは言う。

「オクタヴィア先生は氷魔術の名手なんだ」

「炎と対だな。だから相性が悪かったのか」

「かもな」

「しかし、それにしても魔力が尋常ではないな」

魔術学院の教師を務めるということはマスター級の実力があるということであろうが、それにしてもな能力である。

「ここは先生の作り上げた世界だ。いくらでも魔力を増強できるんだろう」

「なるほどね」

と納得していると、ナインは素早く氷の塊をかわし、それの上に乗る。

右手に魔力を込めると、炎を発生させ氷塊に拳をめり込ませる。

その姿は鬼気迫っていた。

「……レオンさんよ、この勝負、俺に預けてくれないか？」

「…………」

どうしてだとは問わなかった。尊敬する恩師、かつて恋心を寄せていた年上の女性の裏切りに、思うところがあるのだろう。いや、そんな無粋な感情はないか。

ただただ、彼女のことが心配なのだ。これ以上犯罪に手を染めさせたくないのだ。猛《たけ》り狂うほどの気持ちがこちらにも伝わってきた。

俺はなにも言わずに後方に下がると、そのままシスレイアの横に並ぶ。

シスレイアは心配そうに尋ねてくる。

「ナイン様だけでオクタヴィアさんを倒せるでしょうか」

「それは分からないが、オクタヴィアを救えるのはナインだけだと思っている」

と言うと俺たちは彼ら彼女らの戦いを見守る――。

「ナイン・スナイプス、私の教え子、炎の魔術師……」

「まだ教え子にカウントしてもらっていて嬉しいよ、先生」

「……ごめんなさい、あなたをこんなことに巻き込んでしまって」

「いや、いい。これは天命だ。オレは先生の間違った行動を止めるために魔術師ギルドに残ったのかもしれない」

「……間違っているのは分かっている。でも、こうするしかなかった」

「だろうね。同じ立場だったらオレも同じ行動をするさ」

それはナインの偽らざる気持ちだ。

もしも学生時代、オクタヴィア先生がナインの思いを受け入れてくれて、もしも彼女が自分の妻となり、同じく病気で苦しむようになっていたら、自分も同じように魔術書を焼き、霊薬を作ろうとするだろう。

だからナインは彼女の行動を憎むことはできても、彼女の気持ちを憎むことはできなかった。

先ほどの一撃で氷塊を蒸発させたナインは、身体にまとわせた炎を右腕に集中させ、剣を作り上げる。炎の剣だ。

それに呼応するかのようにオクタヴィアは氷の剣を作り上げる。

「……できることならばあなたとは戦いたくなかった」

「学生時代、ひっぱたかれたことがあるんだけど」

「……当時、あなたの想《おも》いに応えられなくてごめんなさい」

「オレを子供扱いしなかったのは先生だけだった」

そう言うとナインは素早くオクタヴィアの懐に飛び込む。剣戟《けんげき》を打ち込む。

それを氷の剣で迎え打つオクタヴィア。

ナインは女でも、想い人相手でも手加減をしないことを示すかのように、つばぜり合い中に蹴りを入れる。それを颯爽《さっそう》とかわすオクタヴィア。

彼女はロングスカートをはためかせながらバック転をすると、そのまま左手を凍結させ始める。

「それは禁呪魔法！」

「ええ、そうよ、この左腕を壊死《えし》させ、氷の龍を使役する」

透明な龍がオクタヴィアの左腕で形成される。

このままだと彼女は本当に氷の龍を召喚し、その左腕を壊死させるだろう。

そう思ったナインはこちらも負けじと禁呪魔法を放つ。

代償は己の右腕だった。黒い炎が立ち上がり、右腕が燃え上がる。

「……ぐ、ぐぁああ」

思わず悲鳴を上げてしまった。

炎の魔術師が御しきれぬ炎を召喚するとこうなるのだ。

教師としてその知識を得ていたオクタヴィア。

「やめなさい、ナイン、あなたの右手はこんなことに使うためにあるんじゃないでしょう」

「こんなことに使うためにあるんだよ。先生がその龍をしまわないとオレも禁呪魔法を止めない」


その光景を見ていた俺の左手がうずく。

俺もナインのように大切な人のためにその左腕を捧《ささ》げたのだ。

愛する人のために身体の一部を捨て去ったのだ。

ナインの気持ちは痛いほどに分かった。ゆえに俺は一歩も動かなかった。

なぜならばこの男を、
出逢ったばかりのこの炎の魔術師を俺は信頼していたのだ。
一世一代の戦いを誰が止めることができようか。
そう心の中で唱えると、ナインたちの行く末を見守った。

オクタヴィアの左腕の氷の龍、ナインの右腕の炎の龍、ふたつは拮抗していた。この世に具現化しようとする氷の龍を抑えることはできなかった。

マスタークラスであり、この異空間の支配者であるオクタヴィアはナインの炎を振り切り、氷の龍を作り上げることに成功する。

ナインはそれを冷静に見届けると、呪文を詠唱し始める。

詠唱に時間が掛かる上位魔法を冷静に唱え始めていた。

「なにを悠長に!?　ナインさんは自殺でもするつもりですか？」

シスレイアは俺の服の袖を引っ張るが、俺はそれを否定する。

「あいつは生きるために呪文を唱えているんだよ」

「――生きるため？」

「そうだ。自分自身だけでなく、オクタヴィアを生かすためにな」

「どういう意味ですか？」

「そのままの意味だよ。まあ、見ていな」

そう言うとオクタヴィアは氷の龍を使役し、その鋭利な顎《あぎと》でナインを串刺しにする。

ナインはそれを避けようともしない。

攻撃を受けるがままだった。

彼の右肩を氷の龍が突き刺すが、それでもナインは痛みすら感じている様子はなかった。

ただ悲しげに言う。

「……やはりオクタヴィア先生は優しい人だ。絶対、急所は避けてくれると思ったよ」

「…………」

そう言うとナインは身体を帯電させる。

「先生、学生時代、俺は炎系の魔術にばかりかまけて他の魔法を覚えようとしないって怒ってたよね。……やっぱり先生の言うことは正しくてさ、魔術学院を卒業してから色々と苦労した。でも、大人になってから頑張って他の系統の魔術も勉強したんだ」

これがその成果さ、ナインはそう言うと行動でそれを示す。

帯電していたナインの身体がバチバチと電気を放つ。

その電気が最大限まで高まると、オクタヴィアは苦笑を漏らした。

「……そういうことね。まさか電撃魔法にそんな使い方があるだなんて」

「叡智の大切さを教えてくれたのは先生だよ」

そう言うとナインは魔力を解放し、《電撃》の魔法を解き放つ。

電撃はオクタヴィアの左手からまっすぐ伸びていた龍の槍を伝う。

水でできた氷は電気をよく通すのだ。

つまり電撃はそのままオクタヴィアに至った。

「きゃあ」という声にならない悲鳴を上げ、その場に崩れ落ちる。それと同時に氷の龍は消えるが、その代わりナインの肩口からは止めどなく血が流れる。

つまりナインはオクタヴィアの攻撃をわざと受けることによって彼女と直接繋《つな》がり、そのまま相手に電撃を流したのである。捨て身の作戦を実行したのだ。

ただ、その作戦はオクタヴィアが急所を狙わないという前提でしかできない。

ある意味、敵との信頼関係の上に成り立った作戦なのだ。

シスレイアはその豪胆さに驚き、俺はその勇気を賞賛したが、当のナインはわずかばかりも嬉しそうではない。

右肩から止めどなく血を流しながら、気絶したオクタヴィアを介抱していた。

己の衣服の一部を破り、簡易的な包帯を作る。

血を止めることには成功したが、血は止めることはできても心の慟哭《どうこく》を止めることはできない。

ナインは涙こそ流していなかったが、その心は泣いていることは明白であった。

俺とシスレイアは心の涙を流しているナインを見つめながら、彼らのことを見守った。

†

オクタヴィアが気絶すると、俺たちは元の世界に戻る。

彼女が作り上げた異空間は魔力の供給を絶たれると消え去るようになっているようだ。

ナインは自分よりも大柄な（というか彼が小柄すぎるのか）オクタヴィアをひょいとお姫様抱っこすると医務室へ連れていく。

そこで治療を受けさせるが、電撃によるダメージは受けていないようだ。あくまで気絶させるためだけに電撃を加えたようである。ナインの優しさを改めて痛感したが、それを言語化しても彼の心は癒やされることはないだろう。

なぜならば彼の想い人だった図書館司書は、これから当局に行き、罪を償わなければならないのだから。

そのことを口にすると、シスレイアは悲しそうな瞳をする。

「……このことを黙っているわけにはいかないのでしょうか」

「いかない」

即答するが、彼女も理性では承知しているようだ。

「法に背いたことは変わらないし、彼女は罪を償わなければいけない」

「……ですよね」

「しかし、彼女の想いを成就してやることはできる」

「え？　どういうことですか」

「彼女は自分の夫の灼熱病を治すため、今回の犯行に及んだ」

「はい、それは知っています」

「ならばせめて彼女の願いくらい叶《かな》えてやるのがせめてもの情けってものだろう」

「レオン様が？」

「ああ、ただし、君にも協力してもらう。おもに財力の面で」

「はい、レオン様のためならば家財を売り払います」

「そこまで金は掛からないが、まあ、色々と頼むよ」

そう言うと俺はシスレイアに背を向け、準備に取りかかった。


後日、当局に逮捕され、尋問を受ける身となったオクタヴィア。

オクタヴィアは一連の犯行をあっさりと認め、一生を懸けて償うことを約束した。

ただ、なぜ自分が貴重な魔術書を燃やしたのか、動機を口にすることはなかった。

当局もオクタヴィアから動機を聞き出せないと分かると、裁判に掛ける資料集めに入った。おそらくではあるが、有罪が確定すれば三年は刑務所で暮らすことになるだろう。

そうなれば、二度と夫と会うことはかなわないだろう。

夫は灼熱病なのだ。三年どころか、三ヶ月後の命も怪しいものだった。

自分が夫のためにそのような犯行に及んだと判明すれば、夫は深く傷付くだろう。だから今回のことはすべて夫には内密に処理するように、かつての教え子であるナインに頼み込んだ。

自分は急用――、遠方の魔術師ギルドに勤めることになった、そう言ってもらった。ナインは快く引き受けてくれたが、ひとつだけ条件を提示された。

「先生、オレが先生の夫に嘘をつくから、ひとつだけ真実を教えてくれ。魔術書を焼いて手に入れた灰は今、どこにあるんだ？」

「…………」

最初、オクタヴィアは沈黙したが、すぐに場所を教えた。当局に黙っていたのは今回の動機を悟らせないためであり、灰が有効活用できない今、灰の処理などどうでもいいことであった。

魔術師ギルドの図書館の地下室の奥、書棚の裏にあると告白した。

ナインから在処《ありか》を聞いた俺はそれを取りに行くと、シスレイアの財力で手に入れた魔術書を取り出す。

「灼熱病を治すには、四種類の火の魔術書と、フェニックスの砂肝が必要なんだ」

「クロエに言いつけて四種類目の魔術書を用意しました」

「かなりお金が掛かっただろう」

「それは気にしないでくださいまし。それよりもレオン様の心情をお察しします」

「と言うと？」

「司書が本を焼くのは堪《こた》えるものがあるでしょう」

「…………」

その通りだが、同意する必要はないだろう。無言のまま用意された魔術書に着火の魔法をかける。

火系統の魔術書は燃えやすく、すぐに火が付いた。

あっという間に燃え上がると、そのまま灰となる。灰をすぐにかき集めると、オクタヴィアが集めた灰と混合し、フェニックスの砂肝をまぶして、霊薬を作る。

赤褐色に輝く霊薬を作ると、それをナインに渡す。

ナインは心を震わせながらそれを受け取ると、まっすぐにオクタヴィアの夫のところへ向かった。

「……大好きだった人の夫のところへ向かうというのはどういう気分なのでしょうか」

「自分の惚れた女を大切にしてくれる人だ、っていう感慨が浮かぶはずだよ」

「……なるほど」

シスレイアは納得したようだが、メイドのクロエはそうではないようだ。

軽く怒り気味にいう。

「おひいさまとレオン様の頼み事ですから、魔術書を調達しましたが、クロエとしては納得いきません」

「どう納得いかないんだ？」

「だってオクタヴィアという司書は、昔の教え子をはめようとした女ですよ？　純粋な少年の心を弄んだ女です」

「魔術書を焼いた罪を押しつけようとしたことを指しているのかな」

「そうです。酷《ひど》いです」

「なるほど、たしかにそういう見方もできるな。事実、本人もその辺は説明していないみたいだし」

「他に解釈がある、ということですか？」

シスレイアが尋ねてくる。

「さてね、俺ならばもっと上手くナインのやつに罪を着せられたってことさ。彼女はなぜ、もっと強硬にナインが犯人だと主張して彼を捕縛させなかったのか、気になるだけだ」

「…………」

「…………」

俺が推論を述べるとふたりは沈黙する。

「というわけだ。ま、これはあくまで俺の推測だけどね。いくら考えても仕方ない」

そう断言すると、俺たちはナインが帰ってくるのを待った。

ナイン・スナイプスはきっかり三時間後に戻ってきた。オクタヴィアの夫に霊薬を投与し、回復の兆しを確認したら即座に獄中のオクタヴィアに報告したようだ。その足で姫様の館にやってきた。彼は軍服の上に魔術師のローブを着込んでいる。従軍魔術師としての正装でやってきた。

彼は大仰に敬礼のポーズを取ると、深々と頭を下げた。

「レオンの兄貴。いえ、レオン・フォン・アルマーシュ大尉には一生掛かっても返せない恩義を受けました。その恩義に報いるため、是非、オレを天秤師団に入れてください」

「恩義なんて感じる必要はないさ、と格好つけることは無理だ。なぜならば俺は姫様のために働いているからだ」

「つまり姫様に忠誠を誓えということですね」

「そうだな。俺が戦死しても彼女を支えてやってほしい」

分かりました、にかっと表情を作ると、ナインはシスレイア姫へ振り返り、敬礼をする。魔術師のくせになかなか決まった敬礼をしていた。少なくとも俺よりは上手い。

このようにして姫様は最強の炎使いの従軍魔術師を得た。

先ほども述べたが、ナインならばたとえ俺が死んでも姫様を守ってくれるだろう。

彼の男気は誰よりも俺が知っていた。

第二章　巨人《タイタン》掃討命令

†

サン・エルフシズム新聞に王子のケーリッヒ死亡のニュースが掲載されたのは、その日の夕刊であった。

「ケーリッヒ殿下薨去《こうきょ》」

大きな見出しに死因が書かれていたが、死因は病死としか書かれていなかった。

姫様の館の談話室で大きく新聞を広げている大柄な男――、ヴィクトール少尉は新聞を広げながら溜息《ためいき》をついている。

「本当の死因を発表しないのはジャーナリズムとしてどうかと思う」

その問いよりも、筋骨隆々なお前が新聞を読んでいる姿のほうが奇異に映る、と言うと、彼は

「余計なお世話だ」とへそを曲げた。

シスレイアにも軽くお叱りを受ける。

「レオン様、人を見た目で判断されてはいけません。ヴィクトール少尉は意外とインテリなのです

よ」

「……インテリね」

トゥスポと呼ばれるゴシップ誌のエロ記事が大好きな男のどこがインテリなのかと思ったが、姫様に反論する気は起きなかったので、ヴィクトールに解説をしてやる。

「お前はジャーナリズムの公平性、真実性に難癖を付けたが、この記事は俺らにとってとてもいいものなんだぜ」

「と言うと？」

「この記事は俺らが無罪放免になることを示している」

怪訝《けげん》な表情をするインテリ様に説明をする。

「現在、俺たちは処分保留で謹慎中だよな」

「だな」

「理由は？」

「王子ケーリッヒ殺害容疑」

「しかし、この新聞では病死とある」

「あ……」

「つまりそういうことだよ。王国上層部は今回の事件を秘密裏に処理してくれるようだ」

「どうしてだ？」

「そりゃ、王子が家臣に殺害されたなんて書けないからさ。王族殺害は大罪だ」

「そらそうだ」

「しかし、今回ばかりは俺たちのことを世に晒《さら》すわけにはいかない。なぜならば俺たちを捕縛し、裁判に掛ければケーリッヒの悪事が世に露見するからだ」

「まあな、やつが今までやってきたこと、炭鉱街でしてきたことが世間にばれたら、王室の権威に関わるよな」

ヴィクトールが言うとシスレイアは真剣な表情でうなずく。

「しかも兄ケーリッヒは終焉《しゅうえん》教団の邪器を使って悪魔化まででした。聖教会に属する諸王同盟の一員であるエルニア王国としては看過できなかったのでしょう」

冷静に分析するが、わずかに声が沈んでいる。悪党とはいえ血縁を殺した罪悪感からは逃れられないようだ。だがそれでいい。俺は彼女のその優しさに惚《ほ》れたのだ。ただ、この世界の厄介ごと、不条理はすべて俺が背負うつもりでいた。

なので新聞を畳むと総括する。

「一言でまとめると俺たちは無罪放免だ。ケーリッヒは病死、やつは悪魔化しなかった。世間ではそうなっている。つまりやつを殺した犯人など存在してはならないわけだ」

「なるほどな、運がいいな、おれたちは」

「だな、最悪、姫様を担いで帝国に亡命しなければならなかったかもしれない。それを思えば幸せだよ、俺たちは」

「だな、ただ、完全に無罪放免というわけにはいかないが」

「というと？　奉仕活動でもさせられるのか？」

「そうじゃないが、似たようなものだ」

と言うとこの国の陸軍総司令官・マクレンガー元帥の署名が書かれた命令書を忌々しく見つめる。

まったく、面倒な命令だ、とヴィクトールに見せる。

「ん？　なんだこの命令書は？」

「公的には罰せないから、回りくどく俺たちを消したいのだろう」

総司令官殿の心の内を忖度《そんたく》する。

命令書の内容を見てヴィクトールはぎょっとする。

「おいおい、こりゃなんだ。安楽死の処方箋か」

「一三階段へのホップステップジャンプの教練書かもな」

と言うとシスレイアが指令書を覗《のぞ》き込む。

彼女は蒼白《そうはく》になりながら指令書の内容を読み上げる。

「一ヶ月以内にアストリア帝国の巨人《タイタン》部隊を殲滅《せんめつ》せよ」

シスレイアはそう言った後に絶句する。

ヴィクトール少尉も、メイドのクロエも、似たような顔をしている。

この場で冷静というか、のんきな表情をしているのは俺くらいではなかろうか。

まあ、俺のほうが異端なんだが。

彼ら彼女らが驚くのは当然だ。アストリア帝国のタイタン部隊といえば泣く子も黙る精鋭部隊である。彼らは巨人のように強い連中ではなく、本当に巨人で構成された部隊なのだ。

一つ目の巨人サイクロプス、丘の巨人ヒル・ジャイアント、炎の巨人ファイア・ジャイアント、多種多様な巨人で構成されているのがタイタン部隊であった。

「……タイタン部隊を一師団で壊滅させろって、上層部はとち狂ってるのか。以前、旅団ひとつで要塞を落とせと言われたときよりもひどいぞ」

「タイタン部隊は帝国最強の部隊の呼び声も高いと聞きます」

シスレイアは一際深刻そうに言う。

「だろうな。普通の人間の三倍はあろうかという巨人たちで作られたエリート部隊だ。そう簡単には倒せないだろう」

「そう簡単どころか一師団では不可能だろう。おれたちの部隊は戦略級魔術師も配属されていないんだぞ」

「ここにひとり、戦略級魔術師がいる。あと準戦略級もな」

俺と先日入ったナイン・スナイプスのことだが、たったふたりの魔術師で戦局を覆せるほど甘くはないだろう。そんなことは自分でも承知していた。なのでヴィクトールの心配はもっともなことだが、この空間には俺のファンがいる。――いや、俺の信者か。彼女は先ほどから真剣な表情をしているが、その瞳は希望に満ちていた。

彼女はその希望を言語化する。

「レオン様ならば必ず勝ちます、タイタン部隊をも駆逐するでしょう」

「信頼は有り難いが、過信はしないでくれ。もはやそれは信頼ではなく信仰だ」

その言葉を聞いてシスレイアは反省することなく、にこりと笑う。

「わたくしにとってレオン様は神様と変わりません。己が信じる神を信奉するのはそんなに変でしょうか?」

「そんなこと言わないでくれ、自分が偉いやつだと勘違いしてしまう」

冗談めかして笑うが、笑いに応えてくれたのはメイドのクロエと、ヴィクトール少尉だけだった。

シスレイアはいつまでも俺を尊敬のまなざしで見つめてくれた。

†

このようにして、軍の上層部から死刑宣告代わりに無茶な命令を仰せ付かった俺たち天秤《てんびん》師団。

宮仕えのものは上司に逆らえない。

「公務員のいいところは給料の遅延がないところくらいだな」

魔術学院を卒業してから、民間会社に勤めたことはないので、民間には民間の苦労もあることを知らない俺は適当な愚痴を叩《たた》くと、さっそく幹部連中を召集した。

天秤師団はシスレイア姫を頂点に完全なトップダウン——、ということになっているので彼女の口から概要を発表してもらう。

ヴィクトール以外の幹部連中は概要を聞いた瞬間青ざめる。

当然だ。たったの一師団でタイタン部隊を撃破しろなど、自殺をしろと言っているようなものだ。

もしもこの場で動揺していないものがいれば俺はそいつの精神と能力を疑う。無能ものの烙印《らくいん》を押し、さっさと天秤師団から消え去ってもらう。

幸いなことにこの師団には無能なものも異常者もいなかった。誰ひとり退出させずに済む。

ただ、彼らを安心させるのも俺の仕事だった。

姫様に魔法で耳打ちをする。

彼女はこくりとうなずくと、彼らに説明する。

「アストリア帝国のタイタン部隊は最強です。無敵と言っていいでしょう。しかし、古来より無敵と呼ばれた軍隊は必ず敗れます。それはなぜか分かりますか？」

士官たちに問うが、誰も返事することはできない。

「理由は単純です。最強だからです。最強の軍隊というものは慢心します。己の力を過信し、敵軍に虚を与えます」

「我らはその虚を衝《つ》くのですか？」

「その通りです」

「側面を突くのでしょうが、それだけで倒せるでしょうか？」

当然の疑問であるが、姫は流麗に答える。

「倒せます。倒してみせます。わたくしには秘策があります。それに従ってくれれば」

その言葉は自信にみなぎっていた。俺への信頼だろうが、士官たちには頼もしく見えるようだ。それでいい。あくまで俺は影の軍師、表に立つのは姫様でよかった。

姫様はわずかな手兵で難攻不落の要塞を落とした実績、悪魔に魂を売った兄を倒した実績もある、と士官たちからは思われている。名将として崇拝されているのだ。そのような姫将軍が自信たっぷりに言えば彼らも信頼してくれるというもの。

このようにしてタイタン部隊討伐の準備は整ったが、軍議の終わり間際、ヴィクトールが声を掛けてくる。

「というか、レオンよ、お前は余裕綽々《よゆうしゃくしゃく》みたいだけど、おれは不安でしょうがないぜ」

「だろうな」

「でもお前のことだからなんかいい策があるんだろう」

「ない」

きっぱり言うとヴィクトールは青ざめる。

「ちょ、待てよ」

俺の肩を摑《つか》むが、そんなことをされてもないものはなかった。

「俺が自信満々にしていないと姫様が心配するだろう」

「たしかにそうだが」

「だがまあ、本当に無策なわけじゃない。今、タイタン部隊はエルニアの南方の都市を攻略中だよな」

「ああ」

「そこの近くに大森林があるのを知っているか」

「知っている。バナの森だろう」

「そこにドオル族と呼ばれているものたちが住んでいる」

「ドオル族ってあれか、世界各地で傭兵《ようへい》として重宝されている戦闘民族の」

「そうだな。主要な産業は傭兵派遣業と呼ばれているから、戦いに長《た》けている」

「ああ、なんでもひとりで三〇人を倒すこともあるとか。あと男は角が生えてるんだっけ」

「ああ、だから鬼の末裔《まつえい》と呼ばれている」

「鬼？」

「東方に伝わる悪魔のことだ」

「ほう、と言うか、そのドオル族を仲間に付けるってわけか」

「ああ、タイタン部隊もまさか大森林の中を突っ切ってきて挟撃されるとは思わないだろう。それにドオル族ならば巨人にとて対抗できる」

「たしかにそうだが、どうやってドオル族を動かす。やつらは金でしか動かないのだろう。部族ごと動かしたらいくら掛かるか」

たしかにドオル族すべてを買収したら、師団の会計係は顔を青ざめさせるだろう。それにバナの森に残っているドオル族は頑固者のはずだ。金で動くような連中はすでに各国で傭兵をやっている。

ヴィクトールは心配するが、その杞憂《きゆう》を振り払ってやる。

「安心しろ、実はこの師団にはドオル族の関係者がいる」

「なんだと？　うちにドオル族の傭兵などいたか？」

「傭兵じゃない。それに正確には師団員でもない。ただのメイドさんだ」

「ただのメイド？」

と言うと、先ほど士官たちにお茶を配っていた麗しいメイド長を見るヴィクトール。

その視線に気が付いたクロエはにこりと微笑《ほほえ》み返す。

「まさかあのお嬢ちゃんがドオル族なのか」

「ドオル族の女には角がない。見た目はほとんど人間と変わらない」

「だがあんなに愛らしいとはなあ」

「ドオル族の娘は美人で有名らしいぞ。それにクロエはドオル族の娘らしく力持ちだ」

と言ってふと見ると士官たちが立ち去った部屋で椅子をまとめている。ひょいとひとりで五個は
持ち上げていた。

ヴィクトールは率直な感想を述べる。

「へえ、人は見た目によらないもんだ」

「腕相撲をしてもお前に勝つかもな。それに彼女の懐中時計は岩をも砕く」

「見てみたいものだ」

「そのうちチャンスは訪れる」

と返すとクロエを呼ぶ。

「クロエ、クロエ」

二度ほど彼女の名前を連呼すると、彼女はうやうやしくやってくる。

「なんでございましょうか。レオン様」

「いや、今の軍議の話なんだが」

「私はメイドです。軍属ではないので聞かないようにしていました」

「メイドさんの鑑だな」

「ありがとうございます」

「ならばかいつまんで説明するが、俺たちは王都南方に展開しているタイタン部隊を駆逐する」

「天秤師団だけでですか?」

「ああ」

「それは難しいかと」

麗しのメイドさんも正常な感覚を持っているようだ。

「まあ、その辺はなんとかするんだが、なんとかするためにバナの森に住まうドオル族の力を借りたい」

「…………」

沈黙するクロエ。一瞬、愁いに満ちた顔をする。

「つまり私にバナの森への道案内をしろと?」

「そういうことだ。無論、君は軍属ではないし、戦えとは言わない」

「この懐中時計さえあれば巨人の頭蓋骨でさえ砕けます」

「だろうが、君の繊細な指はおひいさまの紅茶をいれるために使ってくれ」

「……分かりました。と言いたいところですが、少しだけ考えさせてください」

なにか思うところがあるのだろう、と思った俺は、出立するまで十分考えてくれと彼女に言った。

彼女はにこりと頭を下げる。

出立準備のため、軍の編制も見直す必要がある。

師団の規模は二〇〇〇まで膨れ上がっていた。

やっと増員してもらえたのである。しかし、まだ装備が貧弱だったり、老兵や新兵が多かった。

つまり訓練や工夫をしなければものの役にも立たないのである。

タイタン部隊討伐に旅立つまでまだ数日ある。その短い間で彼らを鍛えねばならなかった。

†

天秤師団の訓練はヴィクトールの担当だ。彼は歴戦の勇士であり、熟練した士官でもある。

新兵を叱咤《しった》し、老兵を激励するのが上手《うま》かった。

新兵に剣の振り方を教えるヴィクトール、大剣使いの彼がロングソードを振るえば目に見えないほどの速さになる。新兵たちは驚愕《きょうがく》し、ヴィクトールを尊敬するが、彼は言う。

「これは特別だ。達人の域に達しなければこうはいかない」

と言うと今度はゆっくり振るう。

それでもびゅうっと風を切る。

「今のは筋力をほぼ使っていない。つまり、型《フォーム》さえ崩れなければ誰でもこの速さで振るえるようになる。フォームは大事だ。なにごとも基本をおろそかにするなよ」

と言うと新兵たちはヴィクトールのフォームを真似《まね》しようと努めるが、皆、へっぴり腰であった。

「何十年も修業しているヴィクトールと比べるのは可哀想《かわいそう》か……」

と、つぶやいていると、俺の横をとある士官が通りかかる。

「フォン・アルマーシュ大尉は手厳しいですな」

そう言ったのは燃え上がるような赤い髪を持つ少年だった。いや、青年か。俺の一個下なのだから。

彼の名はナイン・スナイプスという。

先日、図書館連続放火事件の濡《ぬ》れ衣《ぎぬ》を解決したことで天秤師団に加わってくれた魔術師だ。

ナインは魔術師ギルドに退職届を出し、軍属になってくれた。

彼の実力は戦略級魔術師と戦術級魔術師の中間というところだろうか。

戦略級魔術師は得がたい人材なのでそうそう得ることはできないが、彼のような有能な魔術師も得がたい人材だった。

なので彼には天秤師団の数少ない魔術師を率いてもらう予定だった。

――だったが、口調が気になったので尋ねる。

「なんだ、そのフォン・アルマーシュって」

「軍師殿の姓です。忘れたのですか」

「まさか、ただ、口調がいつもと違うぞ」

「軍属になったら上官の命令には絶対逆らってはいけない、と聞き及んでおります」

「まったくもってその通りだが、俺はお前に軍人の規律など期待していない」

「ぷはあ、そうか、それは助かる。じゃあ、いつもみたいにレオンの兄貴でいいか？」

「きもいからやだ」

「じゃあ、レオンさんか」

「歳は一個しか変わらん。呼び捨てでいいぞ」

「じゃあ、そのつど変えるわ。レオン大尉」

「なんだ」

「呼んでみただけ」

「お前は面倒くさい女か」

赤髪で小柄で長髪のナインは女性に見えないこともないが。

「さて、無駄話はともかく、オレが本当に魔術師の部隊を率いていいのか」

「お前以外に誰が率いる」

「その言葉はありがたいが、オレは新参だぜ」

「天秤師団は実力主義なんだ。皆がお前の実力を認めているよ」

と言うとさっそく、後背から魔術師たちがやってくる。

「ナイン殿、聞きたいことがあるのですが」

皆熱心にナインの炎系魔術のことが聞きたいという。

どうやら先ほど、訓練用のゴレームを火だるまにして尊敬と信頼を勝ち取ったようだ。

ナインは気恥ずかしげに己の頭部をかくと彼らに連れられて、訓練施設へと戻っていった。

なかなかに慕われているようだ。


さて、このように討伐部隊に訓練を始めるが、問題がひとつ持ち上がる。

それは俺の階級が低すぎるというものであった。

天秤師団の団長であるシスレイアの階級は少将。これは師団長は准将以上という決まりから当然であった。

またヴィクトールなどは師団内の連隊などを率いる関係から、佐官に出世していた。

少尉から少佐になっていたのだ。

同様の理由でナインも少佐である。

しかし、俺は大尉のままだった。入団当初から階級を変えていないのだ。

これにはふたつ、理由があって、姫様と俺は階級にこだわりがないのだ。ふたりとも元々、軍人になどなりたくないタイプで、階級で態度を変えることなどないからだ。

しかし、軍隊内ではそれは非常識な考え方だった。軍隊というものは階級社会。上位のものの命令は絶対なのだ。

なので俺の階級が停滞すると、指揮命令系統が面倒になる、という話になった。

その意見を具申してきたのは、ヴィクトールであるが、彼も階級にこだわりがあるわけではない。

ただ、俺と姫様より軍隊生活が長く、その弱点に気が付いてしまったのだろう。

これはヴィクトールの機転というよりも、俺と姫様があまりにもこだわりがなさ過ぎた、という他はない。

というわけで姫様はさっそく、軍事府に俺を出世させることを告げる。

軍事府の軍官僚はなぜこのような功績のないものを、と皮肉った。師団の功績はすべて姫様のものとなっているからだ。

しかし、姫様は毅然《きぜん》と言い放ったという。

「師団内での人事権は少将であるわたくしにあります。彼を首席軍師に任命したいので中佐に出世させます」

軍官僚に二の句も告げさせない啖呵《たんか》だったという。

そのことを後に人づてに聞いた俺は、彼女の気丈さを再確認した。

裏で作戦を作り上げるのは俺だが、率いるのが彼女だからこそ皆が付いてきてくれるのだと改めて思った。

さて、このように停滞していた人事は一新されたが、そのことを祝う席で、ヴィクトールは葡萄《ぶどう》酒《しゅ》を片手にこう言った。

「おれが少佐ねえ。エルニア陸軍の未来は真っ暗だな」

彼は前の師団では上官の不興を買い、出世とは縁遠かったのだ。

武勇はともかく、指揮官としての能力の自己評価は高くなく、本気で心配している節もある。

一方、ナインのほうは少佐待遇を素直に喜んでいるようだ。

「魔術師ギルド時代の給料よりもいい」

人殺しをするんだから、これくらい貰《もら》わないとな、などと際どい比喩も漏らすが。

まあ俺としても中佐になったことで給料が増えたのは素直に嬉《うれ》しい。好きな本を自由に買えるようになるからだ。

ただ、さすがに佐官になったからには、そろそろ宮廷図書館の司書の仕事も考えなければいけないが。

「それについてはゆっくりお考えください。将官になればさすがに兼務は難しいでしょうが」

その心遣いはとても有り難かったので、図書館の上司にその旨を伝えると、彼はつまらなそうに了承してくれた。

ただ、去り際にこう言う。

「あの給料泥棒のレオンが中佐ね。エルニア国の未来は大丈夫かね」

ヴィクトールと同じ発想なので苦笑してしまうところだが、実際に笑ったり怒ったりはしなかった。俺も同じことを思っているからだ。

それに我が上司は意外にも優しかった。

「勤務については今までと同じ風に考慮しよう。稀覯本《きこうぼん》の取り扱いが上手いお前に消えられると困る」

「ありがたいことです」

「後進を育てるまで戦死するなよ。これは業務命令だ」

「…………」

その言葉は皮肉なのだろうか、激励なのだろうか、いつもの意地の悪い顔からは分からないが、俺は後者と取ることにした。

慣れぬ敬礼をすると、図書館のカウンターに座り、業務をこなす。

ただし、真面目に仕事はしないが。

読みたい本に目を通しながら、適当に接客すると、図書館の居心地の良さを味わった。

戦場に旅立てばしばらくは味わえない感覚である。

それをたっぷり満喫すると、出立するまでの間、「真面目」に図書館司書としての業務をこなした。

†

尉官、つまり少尉から大尉と、佐官には大きな違いがある。

尉官は小隊や中隊規模までの指揮権、佐官は大隊から連隊までの指揮権を有しているのである。

また佐官になれば旅団を任されることもある。

要は指揮できる兵士の規模が大きくなるのだが、それだけでなく役得もある。

佐官になると従卒が付くこともあるのだ。

従卒とは士官や将官の身の回りを世話する下士官のことである。

曹長や伍長《ごちょう》が選ばれるが、士官学校に通っているものを伍長待遇で雇うこともある。

というわけで俺にもさっそく従卒が配属されたのだが、配属された従卒は「可愛《かわい》らしさ」や「可《か》憐《れん》さ」とは無縁の男だった。

いかにも無骨めいた男で、花崗岩《かこうがん》をくり抜いて作ったような顔をしていた。

およそ軍人以外の職業を想像できない男であるが、事実彼は軍人であった。

選ばれた理由は上司の窮地を救える武力を基準にしたらしいが、この男、忠誠心過多というか、やる気がありすぎるというか、俺を閉口させるのが得意であった。

そもそも出逢《であ》いからして暑苦しい。

「小官の名は、ブルマッシュ伍長と言います！　以後お見知りおきを！」

ツバと汗がかかりそうな勢いだった。

仕事も熱心すぎた。

朝、軍の宿舎で起き、扉を開けると目の前に彼がいる。

夜、寝る前に扉を開けると彼がいる。

昼、なにげなく食堂から外を見ると彼がいた。

東方の仁王像のように常にこちらを睨《にら》んでいるのだ。熱視線を送ってくるのだ。

悪気がないのはすぐに分かったが、俺を警護しようとトイレにまで付いてきたので、さすがに閉口していた口をこじ開けた。

「ブルマッシュ伍長、お前、クビ」

「な、なんでですか？」

ブルマッシュは驚愕を隠さない。大男のくせに冷や汗を掻《か》いている。

「一言で言うとうざいし、暑苦しいから」

あと横で並んで小便をしたとき、なにが小さく見える、と軍隊らしい下品な冗談を飛ばしたが、彼は笑ってくれなかった。

「俺はレオン中佐のことを尊敬しているんです。なにとぞ、側《そば》に置いてください」

なんでも俺の初陣の頃から俺のことを見ていたらしいが、記憶にない。

しかし、そのような物言いをされると多少、情のようなものも湧いてくる。

それにただクビと言っても納得しないように思われたので一計をはかる。

「というか、ブルマッシュ伍長、お前は俺の護衛役として配属されたんだよな？」

「身の回りの世話もしますが、基本的にはそうです」

掃除洗濯は得意なんですよ、と腕をまくり上げる。

たしかに俺の部屋はとても綺麗《きれい》だ。俺がいない間に彼が綺麗に清掃してくれるからだ。

ローブもすべて丁寧に洗濯し、のり付けまでしてくれる。

そしておそらく、護衛としての能力も高いだろう。筋骨隆々の身体《からだ》は明らかに強そうだ。

「掃除洗濯の能力は認めるが、正直そんなのはいらん」

「なぜです」

「独身が長いからな。自分の世話くらい自分でできるんだ」

「ローブ、皺《しわ》だらけでしたよ」

「あれでいいんだよ」

「女性に好かれません」

「好かれる気もないよ」

「では護衛として」

「護衛も不要なんだよな」

と言うと軍の宿舎を出る。

ブルマッシュは黙って俺の後を付いてくる。愛用のフレイルを手放さない。

俺は宿舎の庭に出ると、庭にある木を見る。

「ブルマッシュ伍長、あそこにある大きな木は見えるか？」

「はい、樫《かし》の木ですね」

「そうだ。あれを砕けるか？」

「折るのですか？　可能ですが、宿舎長に怒られるのでは」

「大丈夫だ、根に虫が巣くっているらしい。どのみち伐採しないといけない」

「分かりました」

ブルマッシュはそう言うとフレイルに力を込める。筋肉が隆起し、軍服が盛り上がる。

気合い値が最大になった彼が、「ふんっ！」とフレイルを振り回すと、鎖に繋《つな》がった球状の物体は目にも留まらぬ速さで木をへし折る。

「ずごっ」という音を上げ、巨木にめり込む。

めきめきという音を上げると、崩れ落ちていく巨木。

その様は巨人が焼き菓子を噛《か》み砕くかのようであった。雄々しいまでに勇壮であったが、俺は彼の力に満足していなかった。

そのことを言葉にすると、彼は表情を変え、なぜです？　と詰め寄ってくる。

その暑苦しいところだよ、と言いたいところであるが、真実を告げる。

「俺の護衛をするには実力不足だからだよ」

「ご命令通り、巨木をへし折ったではありませんか」

「俺はへし折れなんて言っていない。砕け、と言ったんだぜ」

そう言うと折れた巨木を見つめる。

「砕く……？」

「そうだ。砕くんだ。少し芸を見せてやろう」

「芸ですか？」

ブルマッシュがそうつぶやくと、俺は親指の上に小さな魔力の塊を作る。

「これは《指弾》と呼ばれる魔法だ」

「指弾？」

「初級の魔法だな。魔力を小さな球に固めて放つんだ。殺傷能力が低いから、模擬戦などに使われる。あるいは相手を殺したくないときやナメプのときも」

「なるほど」

「しかし、最弱の《指弾》魔法も使い方によっては強力だ。今からそれを見せる」

と言うと俺は指に指弾を作りながら説明する。

「……通常、指弾の魔法は一個しか作らない。同じ魔法を何個も同時に使うのは面倒だし、そもそもそんなことをするなら《火球》の魔法でも極めた方が強いからだ」

「…………」

「しかし、それではつまらないからと魔術学院に通っていたとき、指弾の研究をした。その結果俺は指弾を同時に一〇二四個作れる」

「……せ、一〇二四個？」

驚愕の表情を浮かべるブルマッシュ。魔術に疎い彼でもその数字に度肝を抜かれるようだ。

「今日は面倒だし、木を砕くだけならば二五六個でいいかな……」

そう言うと手のひらに二五六個の指弾を作り、それをブルマッシュに見せる。

手のひらの上に浮かび上がる二五六個の指弾はなかなかに力強かった。

「……ごくり」

生唾を呑むブルマッシュに見せつける。

「ブルマッシュ、ショットガンって知っているか？」

「無論知っています。自分は軍人ですから。散弾銃のことですよね」

「そうだ。散弾は小さな弾を広範囲に散らせる。射程距離は短くなるが、命中力と破壊力に優れる。

俺の指弾は散弾からヒントを得ているんだ」

そう言うと自身で考えたオリジナルネームを口にする。

「散指弾!!」

そう叫ぶと手のひらの上にあった指弾が一斉に解き放たれ、折れた巨木に向かう。

散布するように巨木に広がった指弾、その威力は凄《すさ》まじく、巨木を木片に変える。

文字通り、巨木を木っ端微塵《こ ぱ み じん》にしたのだ。

それを見たブルマッシュは、巨体に似合わぬ声を漏らす。

「……すごい。これがレオン中佐の力」

俺の散指弾を見たブルマッシュ伍長の感想であるが、その感想は的を射ている。

ブルマッシュは俺に護衛が不要と分かると、敬礼をし、一兵士となる。

その後、彼は勇敢な下士官として名を馳《は》せ、別のものが俺の従卒になるのだが、それはまた別の話――。

今、俺が集中しなければいけないのはエルニアの南方だった。

†

南方戦線に旅立つ前にかなり手間取ったが、それでも出立の日はやってくる。

ただ俺自身は特にやることはなかった。

新兵の訓練はヴィクトールとナインが。

兵站《へいたん》の準備はシスレイアがしてくれた。

特にシスレイアは有能で、俺に口を出す余地はなかった。

兵糧の準備、それの輸送ルートの確保、万が一の際の別ルートの選定、すべて完璧にこなす。兵に配備される武具や火器の準備も適切にこなし、有能であるところを示す。

いくさとはとかく、戦闘が重視されがちであるが、実はいくさをする前の準備で勝敗は決まっているとさえ言える。

少なくとも勝ち負けの「負け」は色濃く反映される。

兵士たちの真新しい武具、それに服装を見ると、少なくとも負けいくさ確実ということはないだろう。

あとは俺自身の作戦能力にすべてが懸かっているのだが、その前に姫様の館におもむき、「彼女」を迎えに行かなければいけない。

彼女とはシスレイアではなく、そのメイドを勤めるクロエなのだが。

俺はクロエのもとへまっすぐ向かうと、彼女に先日の件、つまり、バナの森に付いてきてくれる気があるか尋ねた。

逡巡《しゅんじゅん》する彼女に重ねて請う。

「君の力が必要なんだ、付いてきてくれ」

「夜のお世話のほうが必要なんですか？」

と茶化すのは、稀《まれ》に俺が際どいジョークを言う意趣返しだろう。軽く反省すると首を横に振る。

「先日も言ったが、南方にバナの森が広がっている。その森は広大で、太古の呪いも掛けられているんだ。その呪いに詳しい人物を連れて行きたい」

「それだけですか？」

「君がドオル族の少女であることも理由のひとつだが」

「族長を説得してもらいたい、と？」

「そういうことだ」

クロエは「ふうむ……」と、あごをさする。

「……おひいさまの下僕である私としてはレオン様の願いを断る理由などないのですが、ひとつだけ問題がありまして」

「問題とは？」

軽く聞き返すと、彼女は満面の笑みで言った。

「私、バナの森もドオル族の人たちも大嫌いなんです」

にこり、という擬音が付きそうなほどの会心の笑顔だったので、思わず聞き逃してしまいそうになったが、クロエの表情に人を騙《だま》そうとする成分はなかった。

（……なるほど、色々と事情が複雑そうだ）

そんな感想を抱いたが、それでもクロエには付いてきてもらう。バナの森を案内してくれる知り合いは彼女くらいしかいなかったのだ。

無論、彼女は付いてきてくれる。姫様が広大なバナの森で迷うのは彼女にとっても不都合なのだろう。

ただ、クロエは言う。

「案内まではいたしますが、頑固なドオル族を動かすのは不可能に近いです。それでも構いませんか?」

「構わないよ。説得は俺と姫様の仕事だ」

「なるほど、分かりました。それでは旅立ちの準備をしてきます」

と自室へ戻るが、四〇秒で戻ってきた。

俺ではないのだから準備が早すぎる。女性はもっと掛かるものだろう、と尋ねると彼女は平然と言い放つ。

「メイドの正装はメイド服です。服を選ぶ時間がないので早いです。それに私はいつでもおひいさまのお供をできるよう、旅行鞄《かばん》に旅行用の道具を詰めています」

「なるほど、合理的なメイドさんだ」

そう褒め称《たた》えるとそのまま館を出て、出立する。


天秤師団の連中と合流するとシスレイア姫は微笑む。

「まさか、クロエと一緒に遠征する日がやってくるとは思いませんでした」

「私もです。長生きはするものですね、おひいさま」

花々が風に舞うような笑みを浮かべる女性陣。なかなか絵になる光景だが、男性陣はうざったい。

「お姫様の侍女を口説いてくるとは、さすがエルニア一の色男」

「五月蠅《うるさ》い。そういうんじゃないよ」

それに追随するものもいる。

「なにか深慮遠謀があるのは分かるが、戦場に女連れというのもなあ」

ナインの言葉は正論ではあるが、クロエは普通の女性ではない。

ドオル族の女戦士なのである。

少なくともか弱いという要素はなく、足手まといという言葉とも無縁だろう。

と説明をしたが、イマイチ納得がいっていないようだ。

そりゃそうか。

クロエという少女を見て、「無双」とか「武芸」とかいう単語を思い浮かべるやつはよほどの変わり者か慧眼《けいがん》のものとなる。

かくいう俺も何度か彼女の戦闘技能を目の前にし、助けられていなければ、一介のメイドさんという感想しか持たなかったであろう。

というわけで至極当然の感想なのだが、ふたりにはちゃんとクロエがドオル族の戦士であり、今回の作戦に欠かせない人材であると伝える。

「この可憐なお嬢ちゃんがねえ、人は見た目に寄らないものだ」

という感想を頂くと、そのまま軍を動かす。

ちなみにクロエは姫様の馬に乗ってもらう。

馬に乗れないわけではないらしいが、それほど得意でもないらしい。

普段は姫様と馬車移動をするし、エルニアの王都にやってきて以来、馬車移動になれてしまったようだ。

「おひいさまといるとドアトゥドアの生活に慣れてしまいます。いけませんね」

自嘲気味に言うが、姫様は気にしていないようだ。

「大好きなクロエと密着できて嬉しいです」

本当に嬉しそうに言った。

仲良きことは美しきかな――。

†

師団の編制が終わり、行軍を始めるが、バナの森の北端に差し掛かるとそこで軍を止める。

野営陣地を張る。

「こんなところでピクニックか？」

というのは新しく連隊長になったヴィクトールの言葉だ。

「まあ、似たようなものだ」

というのは俺の言葉であるが、これから森にピクニックに行かなければいけないのは事実だった。

俺はヴィクトールとナインを呼び出すと、ふたりに師団の指揮権を渡す。

「ちょ、おま、新任少佐ふたりにいきなり指揮権渡すか、普通」

驚く赤髪のナイン。

ヴィクトールはそんなに驚いていないようだ。ナインをたしなめる。

「おいおい、そんなんじゃレオンの旦那の下ではやっていけないぜ。レオンの辞書に常識はないんだ」

「代わりに勇気と愛の項目が充実しているよ」

そううそぶくと作戦の概要を伝える。

「これから俺と姫様、それにクロエの三人で森の中に入る」

「ドオル族と交渉に行くのか」

「そうだ」

「しかし、司令塔である姫様とお前が留守にするってのは」

「ドオル族を説得するには姫様のカリスマ的魅力が必要だ」

「じゃあ、お前はいらないだろう」

「俺はドオル族をだまくらかす担当さ」

「…………」

ふたりは開いた口が塞がらない、という顔をしている。

「冗談さ。ま、俺は姫様の軍師兼護衛役だ」

「分かった。一時的にだが、おれとナインが軍を預かる」

ヴィクトールはこの期に及んで抗議することはないようだ。

ただナインは文句を垂れるが。

「ていうか、レオン中佐、オレも連れて行ってくれよ。炎魔法は役に立つぜ」

「お前の強さには異論は持ってないが、駄目だ。森で炎は禁忌だからな」

「その通りです」

というのはメイドのクロエの言葉だった。

「ドオル族は自然を愛します。森を慈しみます」

「なるほど、木々を焼く炎は禁忌なわけか」

ナインは軽く舌打ちすると引き下がってくれた。

「というわけだ。天秤師団はヴィクトールが指揮をし、ナインがそれを補佐してくれ。魔術学院で軍師の講義はあっただろう」

「本当に講義だけだ。一兵の指揮もしたことがない」

「俺も似たようなもんだ。ついこの前まで本の山に埋もれる学究肌で、一兵も指揮などしたことはない」

「その割には堂々としているな」

「そうだ。それがコツだな。たとえばお前が盲腸になったとする」

「ならねーよ」

「たとえだよ」

「たとえでもなりたくないが、まあいいか」

ボリボリと頬をかくナイン。

「そのとき、担当した医者に、『私、実は今日が手術初めてなんです。——正直足が震えています』と言われたらどうする」

「担当を替えてもらう」

「そういうことだ。初心者だろうが、童貞だろうが、堂々としていればいいんだよ。いや、堂々としていないと駄目なんだ」

「そういうこった。童貞ほどいきがれってことだ」

ヴィクトールはナインの頭を子供みたいに撫《な》でる。「うっせー、筋肉ダルマ」と文句を言う。彼は子供扱いされると怒るのだ。まあ、背が小さいことを揶揄《やゆ》されるのが大嫌いなのだろう。

両手をジタバタさせるナインを軽くあしらうと、ヴィクトールは真剣な表情でこちらを見てくる。

「旦那、部隊は任されたが、ドオル族を説得できる自信はあるのか？　実際のところ」

「あるさ。姫様の軍師レオンは勝算のない戦いはしない」

軽く微笑むと、ヴィクトールと握手をし、彼に指示を出す。

「連絡が取れる限り、使い魔を使って伝令を送る。基本方針としては森を迂回《うかい》しながら南進してくれ」

「タイタン部隊は南方で暴れ回ってるからな。捕捉されれば襲われるかもしれない」

「そこで俺が森を突っ切ってドオル族を従え、敵の横腹を突く」

「完璧な作戦だ。机上ではだが」

「机上で完璧ならば立派さ。少なくとも机上でもダメダメよりも」

そう口元を緩ませると、分厚い手からは熱さが伝わってきた。

ナインは「ホモかよ」と毒づくが、最後に手を添える。

それを見てクロエは「妄想が捗《はかど》ります」と笑うが、姫様は意味を理解していないようだ。どうやら同性愛系の小説は読んだことがないらしい。

今度貸そうか、と言えるほど知識はないので黙っておくが、そんな姫様とメイドに出立をうながす。

「森の中に入るから馬はおいていく」

「それが賢明だ」

とヴィクトールは馬を預かってくれる。

そのまま俺と姫様とメイドは、鬱蒼《うっそう》と木々が生い茂るバナの森へと向かった。


バナの森とはエルニア南部に広がる広大な森である。

エルニア建国史にも登場するような古い森で、神々と邪神が争っていた時代から存在する、という学説もある。

おそらく有史以前から存在するだろうと思われる。

森は深く、神秘性に満ちている。

生物の鼓動しか聞こえない。

ただただ静かであるが、その静けさは危険にも直結していた。

深い森は人を迷わせる。もしも迷えばそのまま遭難し、死に繋がるだろう。

あるいはもっと直接的に森の野生動物や魔物などが危険を及ぼすかもしれない。

昼間でも薄暗い森、その木々の上には涎《よだれ》をたらしてこちらを見ている魔物もいるかもしれないのだ。

つまりこの森はとても危険であった。

三人はそれぞれに顔を見合わせると、そのままうなずき合い、森を慎重に進んだ。

†

薄暗い森を三人で進む。

有史以来、光が差したことがないのではないか、そんな錯覚を覚えるほどほの暗い道を進む。

道と言っても獣道で、この森に住まう一族、エルフ族やドオル族などが使用するためのものなので、本当に簡素なものであった。

この森に詳しいクロエがいなければ、迷っていただろう。

クロエを連れてきてよかった。

そう思いながら彼女をじいっと見つめていると、シスレイアに視線を送られていることに気がついた。

少し不機嫌なような気がする。

なぜだろう――、と考えているると脳内でピコンと電球が灯《とも》る。

「姫様、トイレか？　申し訳ないがここにトイレはない。そこらで用を足してくれれば……」

と言うとクロエがすごい形相で睨んでいることに気が付く。

デリカシー、という単語を思い出した俺は咳払《せきばら》いをするが、それでも姫様の意図が分からなかった。

きょとんとしているとクロエが横に並び、耳打ちしてくれる。

「先ほどから私ばかり見ているからですよ」

「クロエは道を間違えないからすごい、と思っていただけなんだが」

「それにしては熱視線過ぎたようですね」

これも私の魅力のせいでしょうか、と戯《おど》けるが、姫様の機嫌を取ることにする。

一般的に、女性の機嫌を取るには花と団子が適切だろう。

そう思った俺は、休憩を入れる旨を宣言する。

クロエは「承りましたわ」と切り株の上にテーブルクロスを広げる。

俺は木々の合間からわずかに差す光を糧に成長した小さな花を摘み取る。それをコップの中に入れる。

実用性重視のテーブルクロスが華やかに輝きだしたような気がした。

それについてはクロエが褒めてくれる。

「本にしか興味がないレオン様にしては上出来です」

「光栄です、と、戯ければいいのかな」

「おひいさまにお願いします」

と言われてしまったので、彼女に一礼をすると、シスレイアはにこりと微笑む。

「レオン様は紳士の中の紳士ですね」

そんなことを言われると照れてしまうが、表情には出さず、お茶を楽しむ。

幸い、綺麗な水は水筒に入れてある。それを沸かせば美味《おい》しい紅茶もいれられるはず。

細かな蒸らし方、注ぎ方はプロフェッショナルなメイドさんに任せればいい、とクロエからシスレイアに視線を移す。

相変わらず可愛らしいが、目が合うと意識してしまう。

思わず顔が紅潮してしまうが、それを悟らせないため、話題を転じさせる。

「姫様、軍人になってからは色々と出掛けているだろうが、森の中に入ったことはあるのか？」

「ありません」と首を横に振るシスレイア。

「幼き頃は王都の下町で育ちましたし、軍人になってからもそれほど遠出をしていないのです」

「お姫様時代は、さらに宮殿の奥に座していただろうしな」

「はい、というわけで実はわくわくしております」

「というと？」

「森にくるとピクニックやハイキングを思い出します」

「なるほど、たしかに」

優雅にお茶を注ぎ、それを飲む様はまるでピクニックだ。

「美しい花々も見られますし、それに木々の息吹も感じられます。周囲どこからも生命の息吹を感じる」

彼女は目をつむると生命の波動を受け取る。

「……街では得られない感触です。貴重な体験です」

「なるほど、そういう見方もあるか」

学究肌で本好きな俺には、森も街も大差ないが、彼女のように感受性が豊かなものだとそのような考えに至るのだろう。

参考になる、と思いながら、クロエが用意したお茶に口を付けると、俺は渋面を作る。

「もしかして渋かったでしょうか？」

クロエが申し訳なさそうに尋ねてくるが、シスレイアが否定する。

「とても美味しい紅茶でしたが」

肯定する俺。

「同感だ。この上なく美味しいお茶だよ」

「ありがたき幸せ」

「俺が渋い顔をしたのは、遠くから厭《いや》な音がしたからだ。弓の弦が絞られる音、肉を切り裂く音、木々がへし折れる音」

「そのような音が？」

シスレイアは己の耳に手を当てるが、なにも聞こえないようだ。

「《聴覚強化》の魔法を使ってやっと聞こえるか否かって音だ。つまり、結構、遠い」

「無視されますか？」

「俺たちの目的はドオル族との接触だ。その前にトラブルは抱えたくないが……」

と愚痴るが、姫様は俺の心情などお見通しのようだ。

「――トラブルは抱えたくないが、トラブルを無視することもできないはずです。レオン様はお優しい方ですから」

「…………」

「渋面を作っていらしたのがなによりの証拠。急ぐ旅ではありますが、人助けをする時間くらいはあるでしょう。どうか、レオン様のご随意に」

つまり、トラブルに首を突っ込んでもいいということだが、俺は苦笑いを漏らす。

「これではどちらが軍師か分からないな」

そう言うとクロエも苦笑を浮かべる。

「そうですね。人生においてはおひいさまのほうが頼りになる軍師となられるかもしれません。戦略には疎いですが、豊かな人生がどんなものか、細胞レベルで知っています」

「違いない。ここで見捨てて今晩の夢見が悪くなるよりも、軽く運動してぐっすり寝る道を選ぶよ」

と言うと俺たちは荷物をそのままに「音」のする方向へ向かった。

小走りで木々の間を駆け抜ける。

走らなかったのは慣れぬ森道だったこともあるが、到着する前に息を切らせたくなかったからだ。

白兵戦のプロであるメイドのクロエもそれを徹底していた。優雅に可憐に歩いている。スカートひとつひるがえらないが、道中、表情を引き締める。

ある程度距離が近づくと、彼女の耳にも戦闘音が聞こえてきたようだ。

「……五匹。――いえ、六匹でしょうか。大柄な魔獣と小柄な種族が戦っているようです」

「正解だ。小柄な種族は三人かな。劣勢のようだ。ひとり、倒れている」

「小柄な種族はおそらくエルフでしょう」

「根拠は？」

「先ほどから弓を放つような音がします。彼らは皆、弓の名手ですから」

「ドオル族も使うだろう？」

「使いますが、ドオル族は金属をより好みます。愚直に弓で戦うのはエルフ族の証《あかし》でしょう」

「なるほど、名推理だ。ドオル族でないのは残念だが、助けるか」

「ドオル族とエルフ族は仲がよくないですが、だからといって見捨てる気もありません」

と言うとクロエは懐から懐中時計を取り出す。

時間を見るのではない。

彼女は懐中時計を武器に戦うメイドさんなのだ。

きらり、と目を光らせると、懐中時計の鎖を指でなぞり、魔力を込める。

すると青色の魔力が懐中時計を包み込む。

魔力を得た鎖は「斬」属性になるそうだ。クロエはそう主張していたが、それを今実演する。

「斬！」

短く漏らすと、クロエは巨木を切り裂く。

自然破壊主義者に目覚めたわけではない。

クロエが巨木を切り裂いたのは相手の虚を衝くためだった。

彼女は巨木ごと、エルフを襲っている魔物を切り裂く。

大きな木の幹と魔物の身体の胴を斬り裂いた。見事な一撃であるが、クロエは血で汚れた鎖を拭うと、一言言い放った。

「我が故郷バナの森で暴れているのは薄汚いオーガか……」

彼女がさげすむようにオーガの死体を見下ろすと、その横に頭部を喰《く》われたエルフが横たわっていた。

「バナの森のオーガは数百年前にドオル族とエルフ族の共同作戦で駆逐されたはず」

クロエは疑問を呈するが、気にしている暇はない、と諫《いさ》める。

「詮索はあとだ。生き残ったエルフ族を救いたい」

その提案にうなずくクロエ。

二匹目のオーガの駆逐に掛かる。

「脳髄をぶちまけてやる!!」

そう叫ぶと懐中時計の時計部分に魔力を込め、それをぶん回し、オーガの頭蓋骨を破壊しようとする。

クロエの懐中時計は大岩さえ破壊する。

オーガとはいえ、頭蓋骨など簡単に破壊することができた。

——懐中時計が当たれば、の話だが。

二匹目のゴーレムはクロエの存在を感知すると、彼女の攻撃の挙動を読み切り、大きな右手で懐中時計を受け止める。

がしりと時計を握ると、にやりと笑う。

どうやらこいつがオーガたちのリーダーのようだ。

握りしめた懐中時計をぐいっと引っ張る。

わずかな動作で数メートルほど引き寄せられるクロエ、圧倒的に体格が違うのだが、彼女はそれをものともせず大地に両足を着ける。

するとそこで均衡が取れ、懐中時計の鎖がぴんと張り詰める。

それどころかオーガもずずっとクロエに引き寄せられる。

オーガは驚愕の表情を浮かべながら口を開く。

「……その馬鹿力、小娘、ただの人間ではないな」

「ご名答です。私はドオル族の娘」

「ドオル族の娘がメイド服だと!?」

「たしかに我らドオル族は自然を愛する一族、人間の街に行ってメイドをしているなど、私くらいでしょう」

自嘲気味に笑うクロエ。

「しかし、ドオル族すべてが同じわけではない。中には森の外の広い世界を知り、剣ではなく、心を以て仕えるべき主《あるじ》を見いだすものもいる」

と言うと彼女は後方に控える主であるシスレイアを軽く見る。

「貴きお方、この世界を変える宿命を背負われた主に魅入られるものもいる」

クロエはそう言い切ると、

「それが私!!」

と声を張り上げ、両手に力を込める。

すると巨体であるオーガがさらにずずっと引き寄せられる。

「馬鹿な、一〇倍近く体重差があるのだぞ!?」

「無駄に太っているだけでしょう。私の身体は筋繊維と魔力繊維だけで構成されている!!」

そう言うとクロエはオーガを空中に浮かせる。

そのままぐるぐると回し始める。

クロエはオーガに遠心力を加え続けるとタイミングを見計らい、オーガを投げつける。

まっすぐ巨木に向かうオーガ。

ものすごい勢いで巨木にぶつかると、巨木はめきめきと悲鳴を上げ、オーガより一回り大きい穴ができる。

普通の生物ならばこれで背骨が折れて終わりなのだが、このオーガはなかなかにタフな魔物であった。

ただ、それが彼にとって幸せかは分からないが。

戦闘モードに入ったメイドさんは容赦がない。

逡巡する間もなく追撃を始める。

オーガを解き放ったと同時に自分も前進し、木にめり込むオーガに容赦なく攻撃を加える。

無数の拳がオーガに突き刺さる。オーガはそれを回避できずすべて受け止める。

要は全身をボコボコにされているわけである。

百本の手を持つ女神が怒り狂っているようにも見える姿であるが、その怒りは続く。

クロエはぐったりし始めているオーガの頭を掴むと、そのまま横に投げる。

それを追撃するために目にもとまらぬ速度で移動すると、オーガを蹴り上げる。

空中に浮かんだオーガをさらに追撃し、最高点に達した瞬間、両手を思いっきり振り下ろし、地面に叩き付ける。

クロエはその一連の連撃を、

「空中連撃《メテオ・スマッシュ》」

と口にした。

格好いい技であるが、喰らったほうはひとたまりもないだろう。

事実、攻撃を食らったオーガは物言わぬ死体になっていた。

一瞬だけ憐れに思ったが、転がっている死体、頭部を潰されたり、はらわたが飛び出ているエルフを見ると、その考えは消し飛ぶ。

優しいシスレイアですらその考えに至ったようで、オーガのことは気にせず、傷ついたエルフたちを介抱している。

「相も変わらず優しいおひいさまです」

と声を掛けてきたクロエは多少、息が上がっていたが、先ほど鬼神のような活躍をした娘とはとても思えなかった。

彼女を称賛し、いたわる言葉を掛ける。

「見事な戦いぶりだ。お疲れ様」

「どういたしまして」とスカートの裾を持ち上げ、返礼をするクロエ。ついでにスカートの埃《ほこり》を取っている。さすがはおひいさまのメイドさん。身だしなみに五月蠅い。

そのような感想を持っていると、彼女が語り掛けてくる。

「バナの森にオーガが出るのは珍しいです」

「なん百年も前に駆逐されたと聞いたが」

「はい、仲が悪かったエルフ族とドオル族が共闘して駆逐しました」

「へー、珍しい。当時の詳細は知っているのか？」

「私は花の乙女ですよ」

「ドオル族は戦闘民族だから、若い時期が長いと聞いたが」

つまりドオル族の娘の年齢は不詳だ、と言いたいのだが、さすがにクロエはむっとしたようだ。

「レオン様、女性に年齢を尋ねるのはマナー違反でございます」

頬を膨らませるクロエ。なかなかに可愛らしいが、見とれていると彼女は言う。

「レオン様、先ほどから私のことをまるで化け物でも見るかのように見つめますが、私に言わせればレオン様のほうが化け物にございます」

「そうか？　俺はただの司書だぞ」

「ただの司書があの一瞬でオーガを全滅させますか？」

クロエは呆《あき》れたまなざしで周囲を見渡す。

そこには複数のオーガの死体が転がっていた。

「私が一体のオーガを倒す間にレオン様は残りのすべてをかたづけました。しかも汗ひとつかいていない」

クロエは化け物でも見るかのような目つきで俺を見る。

たしかにそこらに転がっているオーガの死体は俺が殺したものだ。

クロエがオーガのリーダーと戦っている間に倒したものである。

「……まったく、レオン様は化け物でございます」

クロエはそう言い切ると、エルフたちの介抱をしているシスレイアの手伝いを始めた。

一応、俺も回復魔法の心得はあるからその列に加わる。

このようにしてオーガたちに襲われていたエルフを救い、彼らとの接点を得たわけであるが、数分後、エルフたちがとても誇り高い種族であることを思い出すことになる。

†

森の奥でエルフを助けた俺たち。

彼ら彼女らに感謝されるために助けたわけではないが、命を助け、介抱をしているのに敵でも見るようなまなざしをされると多少はへこむ。

特にひとりの女エルフの警戒感は想像を絶した。

彼女は腕に手傷を負っていたが、

「人間の男に触れられるくらいならば自害するわ!!」

と矢を取り出し、鏃《やじり》を己の喉に突き刺そうとする。

せっかく助けたのに、こんなところで死なれたらかなわない。

そう思った俺は治療をシスレイアに一任する。

俺特製のポーションをシスレイアに渡し、内緒で使ってもらう。

シスレイアは承知しました、とエルフの女性の治療に当たるが、シスレイアにさえ嫌悪感を持っているようだ。

「……人間に助けられるなどエルフの恥知らずになってしまった。ご先祖様に申し訳が立たない」

なかなかにツンツンした性格であるが、それでもポーションでみるみるうちに傷が治ると、

「うちの長老の秘薬よりすごいかも……」

ぼそりと漏らし、目を丸くしていた。

口の中でごにょりと小さな声で、「……ありがとう、人間」と言う辺り、やはり彼女はツンデレというやつなのだろう。

ただ、デレの成分は少ないが。

傷が治った彼女は再び宣言する。

「救ってもらった礼はするわ、人間。エルフは礼節を重んじる一族だから」

「どういたしまして」

　軽く返すと彼女は続ける。

「でも、それでも心を許したわけではない。あなたたちはこのバナの森の部外者。ここは聖域なのだから即刻立ち去りなさい」

「そうしたいのは山々なんだけど、申し訳ないが、俺たちにも目的があってな。それを果たすまでは帰れない」

「目的？　何用なの？」

「この森にはドオル族と呼ばれている亜人も住んでいるはず。彼らと面会したい」

「ドオル族の手先!?」

　警戒心を強めるエルフの娘。

「手先どころか髪の毛一本分の縁しかないよ。だがまあ無関係でもない。黙っているのはアンフェアだから言うが、そこにいるメイドのクロエはドオル族だ」

　ぺこりと頭を下げるクロエ。

「……どうりで馬鹿力なはずだわ」

　メイド服姿だから気がつかなかった、と漏らすエルフの娘。

「ただし、彼女はドオル族を飛び出した身、今はエルニア王家の姫の侍女をしている」

「森のドオル族とは無関係ということね」

「そういうことだ」

「……いいでしょう。たしかにメイド服を着たドオル族など聞いたことがないわ。やつらはいつも野蛮な格好をしているし」

同族を野蛮と言われたクロエだが、怒る様子はない。

ドオル族に嫌気がさしたから森を飛び出したと言っていた。あまり良い感情を持っていないのだろう。

「ただ、ドオル族の手先でなくても、森の外の人間、しかもエルニア王国の人間であることには変わりない。この森は王国の庇護《ひご》を受けない代わりに、干渉も受けない存在」

「たしかにそんな盟約を結んでいるらしいな」

何百年も昔に相互不可侵条約を結び、以後、関わりを絶っているという話は聞く。

「なのでこの森から出ていってちょうだい。ここはあなたたちがくるような場所じゃない」

「さっきも言ったが、俺たちはドオル族に……」

と言いかけると、姫様がすうっと間に割って入る。

彼女は言葉でなく、態度で示す。

彼女はぴんと張った背筋を曲げる。深々と頭を下げる。

「ここは人間が立ち入ってはいけない場所だというのは重々承知しています。エルフ族の聖域であることも」

「…………」

「しかし、私たちには時間がないのです。この森の外に私たちの仲間がいます。彼らは南方を荒らす巨人の軍隊に挑もうとしている。彼らを助けるにはドオル族の力がいるのです」

「…………巨人族の部隊。アストリア帝国ね」

「はい。わたくしはこの国の王族として国民を守る義務があります。あなたが森を守るように」

「…………」

シスレイアの真剣なまなざしになにかを感じ取ったのだろうか、エルフの娘は大きく溜息をつくと言った。

「……仕方ないわね。今回だけよ。特別に聖域に入る許可を取ってきてあげる」

「本当ですか？」

ぱあっと表情を輝かせるシスレイア。その笑顔は森の妖精をも虜《とりこ》にするほど可愛らしかった。

「エルフは恩知らずではないの。それに義という言葉の意味と本質を知っている。つまり受けた恩はちゃんと返すわ」

デレてきたな、と思わなくもないが、余計なことは口にしないほうがいいだろう。

ただ、このままエルフ一族が善き理解者になってくれるわけでもないようだ。

それにおべんちゃらを使われることもない。

「聖域は通すし、案内もする。でも、ドオル族を口説くことは無理よ」

「その心は？」

「彼らの心はエルフよりもひん曲がっているから」

「…………」

ツンデレエルフにそのように言われるということは、ドオル族は相当気難しい種族なのだろう。

容易に想像がついたし、クロエも否定することはなかった。

それでも俺たちはドオル族に会いに行かなければならないのだが――。

決意を新たにすると、俺たちはここで一晩明かすことにする。

いや、ここはオーガの血で汚れているから、先ほどの場所に戻る。

そこでテントを張り、エルフ族族長の許可を待つ。

ひとりの若者エルフが木々の間を縫うようにエルフ族の村に向かう。

その後ろ姿を見つめると、ぼそりとツンデレエルフはつぶやく。

「……忘れていたわ」

なにを忘れていたのだろう。

そう尋ねると、彼女はくるりと回り、咳払いをする。

「言い忘れていたわ。あたしの名はエキュレート。バナの森のエルフの娘。――さっきは助けてくれてありがとう」

頬を染め上げながら自己紹介をするその姿はなかなかに可愛らしかったが、そのことを指摘すればせっかく開き掛けた心を閉ざしてしまうだろう。

だからなにも指摘せずに俺たちもそれぞれに自己紹介をする。

「俺の名はレオン・フォン・アルマーシュ。エルニア王国で宮廷魔術師兼宮廷図書館司書兼天秤師団軍師をやっている」

「わたくしの名前はシスレイア・フォン・エルニア。この国の第三王女です。エルニア陸軍少将、天秤師団の師団長でもあります」

「私はそのおひいさまの侍女。クロエでございます」

それぞれに挨拶をするが、多彩にして混沌《こんとん》とした肩書きにエキュレートは面食らっているようだ。口を押さえ、「覚えきれるかしら……」と、つぶやいている。

肩書きまで覚える必要はないが、せめて名前くらいは覚えてほしいものである。

そんなことを思いながら、俺たちはクロエが用意してくれたお茶を飲んだ。

†

オーガを倒し、エルフたちと知り合った俺たち。

彼らから信頼を得ることは出来なかったが、敵対行動を起こされることもなかった。

それどころか一緒に紅茶を飲んでくれるような間柄になることができた。

喜ばしいことであるが、ただそれでも心が打ち解けたとは言えないだろう。

バナの森のエルフ、エキュレートは「ツン」という表現が似合いそうなほどの表情で紅茶を飲んでいる。

さらに小指を一本ぴんと立ててカップを持っているあたり、とてもエルフっぽかった。エルフという生き物は現実でも物語の中でも気難しいと相場が決まっているのだ。

しかし、気難しいからと言って、これから森を案内してくれるものを邪険にすることはできなかった。

エキュレートに話を振る。

「バナの森にはもういないはずのオーガが現れた、と言っていたが、その理由については分かっているのか？」

首を横に振り否定するエキュレート。

「分からないわ。そんなことこの数百年なかったことだし」

「バナの森始まって以来の危機というわけか」

「そうね、半年前からぽつりぽつりと現れ始めたのだけど、最近、オーガの被害がひどくて。農作物が荒らされたり、農夫が殺されたり、自警団に所属する若者が惨殺されたり、やりたい放題」

彼女は苦虫を噛み潰したような表情を浮かべながら続ける。

「だから討伐隊を組織してやつらを駆逐しようとしたのだけど……」

「返り討ちにあったというわけか」

「…………」

言いにくいことを代わりに口にすると、彼女は「そうよ」と、つむじを曲げた。

森の妖精様はプライドが高いようだ。

「しかし、理由が不明となるとな、手の施しようがない」

「……」

その言葉を聞くと明らかに顔色を変えるエキュレート。どうやら何かを隠しているようだ。

「俺たちは運命共同体ではないが、一緒に剣を交えて戦った仲だ。信頼してくれ、とは言わないが、話してくれれば力になるぞ」

俺の言葉ではなく、いままでの行動を信じてくれたのだろう。

軽くクロエの横顔を見ながらも教えてくれる。

「……これは確定情報ではないし、長老たちの一部が言っているだけなのだけど」

そう前置きした上で彼女は言う。

「オーガの封印を解き放ったのはドオル族だという噂《うわさ》があるわ」

ぴくんと、両肩を震わせるクロエ。虚心ではいられないようだ。

「エキュレートはその話、信じているのか？」

「……わからない。あたしもドオル族は嫌いだけど、だからといってなんの証拠もなしに彼らを疑うのはよくないと思っている」

彼女はツンデレのようだが、意地が悪いわけではないようだ。

それどころかとても誇り高い女性のようである。

初見では合わなそうな感じがしたが、少しだけ親近感を持てるようになった。

なので軽く提案してみる。

「ドオル族はエルフ族と同じくらい誇り高いと聞く。そのような種族が卑劣な真似をするとは思えない。それに本当の敵はドオル族ではなくオーガのはずだ」

「……そうね」

「だからオーガが発生した原因を探りたい。エキュレート、協力してくれないか？」

彼女は細いあごに手を添えて考え始める。

「……部外者を聖域に引き込んだ上に、ともに探索をする……。長老たちに露見したら自警団の団長は解任ね」

自嘲気味に言うが、彼女は正義感が強く、仲間思いのエルフであった。答えは最初から決まっていたのかもしれない。

「……分かったわ。協力してあげる。ううん、協力して。オーガの発生原因を調べるのを手伝って」

その言葉を聞いた俺はにこりと微笑みながら右手を差し出す。

「ありがとう。君の勇気と決断に敬意を表す」

その言葉に感化されたのか、エキュレートはぽうっとした表情でこちらを見つめていた。

そして余計なことを口にするメイドの少女。

「さすがは『後宮』魔術師のレオン様です。旅の先々で妻を見つけます。港港に女あり、です」

そんなんじゃないさ、と言いたいところだが、反論することはできない。

温厚なシスレイアのとんでもないところを見てしまったからだ。

にこり、と女神のように微笑んでいるが、先ほど茶菓子として出されていたクッキーを握りつぶしていたのである。

もちろん、故意の行為でないことは明白だった。

シスレイアは食べ物を粗末にするという行為も、無意識とはいえものに当たるという行為も、知り合ってこの方一度も見たことがない。

つまりそれくらい怒っているということ、嫉妬しているということである。

俺が困った表情をしていると、クロエがにこにことしていることに気がつく。

このような状況下でなにを笑っているのだ。

そう思って小声で抗議するが、彼女は「うふふ」と、のんきに返す。

彼女の主張はこうだ。

「幼き頃からおひいさまにお仕えしていますが、おひいさまにやっと年頃の少女っぽい行動が見られました。嬉しいです」

「おひいさまには思春期がなかったのか」

「左様でございます。恋も愛も知らない不憫《ふびん》な少女でした。ですが、レオン様という王子様が現れてから、眠れぬ夜を過ごしたり、嫉妬に身悶《みもだ》えしたり、やっと時間が動き出した感じです」

心底嬉しそうに言うクロエ。おひいさまのことが心配でしょうがなかったのだろうが、そこまで能天気になられても困る。

つまり姫様は年頃の少女が通るべき通過儀礼を済ませてこなかったということだ。これからその反動がくるのではないか、と戦々恐々としてしまう。

シスレイアを再び観察するが、力を入れてクッキーを砕いてしまったことを恥じているようだ。

「なぜ、このようなはしたない真似をしてしまったのでしょう」

と涙目になっている。

なんだか可愛らしいが、君は嫉妬しているんだ、遅れてきた思春期はどうだい？ と言うこともできず難儀しているとエキュレートは空気を読まない発言をする。

「というか、この子、自分が嫉妬していることに気がついてないの？　お子様？」

その言葉に一同は凍りつくが、幸いなことに姫様の耳には届いていないようだった。

俺は慌てて話題を転じさせるとクロエもそれに協力してくれる。

二杯目の紅茶を注いでくれたのだ。

二杯目の紅茶はただの紅茶ではなく、紅茶キノコだった。

エキュレートが気に入るように秘蔵の食材を提供してくれたのだ。

エルフは無類のキノコ好き。紅茶キノコは、キノコを発酵させた珍味である。種族としても個人としてもキノコが大好きなエキュレートは俄然《がぜん》くいつく。

「森の外で作られた紅茶キノコ、興味ありまくりです。発酵食品は土地の色が出るから」

目をキラキラとさせるエキュレート。

姫様から注意が逸《そ》れてよかった。

このようにしてお茶会はえんもたけなわになる。

その後、紅茶キノコを三杯ほど飲むと、満足した俺たちはテントをたたみ、そのまま森の奥を進む。

†

剣呑《けんのん》さと呑気《のんき》さを同居させながら歩く一同、その光景を遠くから見守るものがいる。

上質だが、陰気さを隠せないローブをまとった男。

彼の名はエグゼパナ。

終焉教団という組織で導師と呼ばれる役職に就いている。

終焉教団とはこの世界に終焉をもたらすことを夢見る邪教の一団である。

各国に根を張り、諸王同盟とアストリア帝国の争いを煽《あお》り、終わりの見えぬ戦いにいざなっている張本人たちである。

この世界の住民から見れば悪そのものだが、当然ながら本人たちにはその自覚はない。

ただただ教義のため、この世界のために活動をしている。

まさしく狂信者である。

それを証明するかのように、エグゼパナの周りにいる司祭級のものたちの目は虚《うつ》ろだった。濁っていた。

ただ、不思議なことに導師エグゼパナだけは違った。

その目は澄み切っており、輝いてすらいた。

打算的なものを感じるが、奇妙に澄んだ目をしていた。

もっともそれは司祭たちと比較すればの話で、エグゼパナの目も十分、濁っているのかもしれないが。

その濁った目を持つもののひとりが口を開く。

「……導師エグゼパナ、バナの森に放っていたハイ・オーガの一体が死んだとの連絡が」

その報告を聞いてもエグゼパナは不機嫌にならなかった。それどころかあらかじめ知っていたかのような口調で答える。

「気にするでない。大義を達成するのになんら犠牲を払わず、というほうが虫が良すぎるだろう」

「さすがは導師様です。しかし、部下に詳細を調べさせましたところ、我らが眷属《けんぞく》を殺したのはとても厄介な人物のようで……」

「天秤の魔術師か?」

エグゼパナの即答に目を見開く司祭。この情報はたった今、入ったものなのだが……。

「終焉の神の預言――と言いたいところであるが、これは簡単な推理よ。天秤師団が巨人討伐を命じられた。巨人はバナの森の南部で争っている。このふたつの情報があればやつが森に現れるのは十分予見できる」

「さすがは導師様です。ご慧眼をお持ちで」

「慧眼は持っているかもしれないが、それを活《い》かすことはできなかった。天秤師団が討伐を命令された時点で手を打っておくべきだったか」

「ハイ・オーガを増援しましょうか?」

「それがよいだろう。エルフ族とドオル族を争わせるのも大事であるが、今は天秤の魔術師を始末しておきたい」

そう言うと司祭はエグゼパナに改めて敬意を表し、その場を下がった。命令を実行するのだろう。

それと入れ替わるようにもうひとりの司祭がやってくる。

「導師エグゼパナ、教団本部から連絡があったのですが」

その言葉でエグゼパナは初めて顔をわずかに歪《ゆが》める。

「……上層部の老いぼれどもが」

と口にするが、無論、他の司祭には聞こえない声量で言った。

「大主教様とそれに連なる方々は重要な手駒であるケーリッヒを失ったことを怒っています」

「ケーリッヒを国王に仕立て、意のままにあやつる計画が水泡に帰したからな」

「左様です。今後、どのようにエルニアを混乱に陥れるか、大主教様は答えを聞きたいそうです」

大主教は病に伏している。実質はその横にいる大導師どもが聞きたがっているだけだろう。いや、エグゼパナを失脚させたいだけだろう、そう思ったが、口にはせず続ける。

「ケーリッヒを王にすることは叶《かな》わなかったが、エルニアを混乱に叩き込むことはできる。我らの目標はこの世界を騒乱に導き、混沌の中から新たな秩序を生み出すことだ。ケーリッヒに王位をくれてやることではない」

「たしかにそうですが、ならば長兄のマキシスにくれてやるのですか？」

「それも考えたがな……」

とエグゼパナは尖《とが》ったあごに手を添えるが、否定した。

「マキシスの狭量な器ではエルニアを滅ぼす恐れがある。さすれば諸王同盟とアストリア帝国とのバランスが一気に崩れ、我らの宿願が成就できぬ」

「……難しゅうございますな」

「そうだ。しかし、その難しいバランスをなんとしてでも取りたい」

「なにかお考えが？」

「ある」

と言うと王族の写真が載った新聞を指さす。

「現国王には六人の子がいる。ひとりは先日死んだ。ひとりは王位に相応《ふさわ》しくない」

「シスレイア姫が王位に就かれたら困りますな」

「ああ、有能で正義感豊かだ。だからこそ王位に就かれたら困る。となると――」

エグゼパナの視線はケーリッヒ、マキシス、シスレイア以外の王族に向けられる。

シスレイアの異母姉ふたりと、異母弟だ。異母姉ふたりは気が強い性格をしていたが、顔かたちはシスレイアに似ていた。異母弟のほうが逆に温和で柔和な笑顔がシスレイアと共通していた。

「どのものも軍事的な才能も政治的な才能もない。ゆえに傀儡《かいらい》にするのにこれ以上の適材はあるまい」

「なるほど、それでは次期国王の選定、しておきますか？」

「そうだな。近く、マキシス殿下も戦場で倒れられるだろう。そのとき臣下のものが混乱しないように後継者を一本化しておかねばな」

にやりと笑うエグゼパナ。

自身の中では誰を次の後継者にすべきか、明確なビジョンがあるようだ。

「ともかく、準備は入念に。有力貴族と軍部の支持は欠かせない。あと、大商人たちの支持もだ。彼らに我ら教団の存在を感じさせずにこちらに都合の良い後継者を選ばせたい。それが理想だな」

「導師エグゼパナならば可能かと」

「そうしたいものだな」

と言うとエグゼパナはサイドテーブルに置かれたワインに口を付ける。

レオンたちがバナの森を進むさなか、悪党どもはそのような策を巡らせていた。

第三章 ドオル族の村

†

森をひたすらに進む。

エルフのエキュレートが聖域と呼ばれる森で一番の難所を案内してくれる。

「聖域は私も通ったことはありません」

とはメイドのクロエの言葉だ。

「聖域を使えば数日分、時間的距離を短縮できるでしょう」

「ありがたいことだが、そろそろドオル族に会ったときの対策を話しておかないとな」

俺がそう提案すると、同行した女性はすべてそれがいいと同意してくれた。

エルフのエキュレートは言う。

「前にも言ったけど、ドオル族は頑固だから、ドオル族の村に入る前に手荒な歓迎を受けるかもね」

「その辺はクロエを立てれば回避できるかと思っているんだけど、その辺はどうなんだ？」

クロエに視線を向けるが、彼女は申し訳なさそうに言う。

「私はこの森から、いえ、ドオル族から抜け出た娘です。もはや部外者と変わりありません」

「なぜ、抜け出たか聞いていいか?」

「構いません」

毅然《きぜん》と言い放つクロエ。

「私は幼き頃から古き因習に囚《とら》われるドオル族が苦手でした。文明と隔絶し、外部との接触を拒否する前時代的な文化が苦手でした。ですから旅の商人の話を聞いたり、長老が秘蔵している人間界の本を隠れて読んだりし、外の世界に憧れを持っていたのです」

「典型的な都会に憧れる田舎娘だった、というわけか」

「平たく言えば」

と微笑《ほほえ》むクロエ。

「それで家出をしたのか?」

「正確にはそれは動機のひとつですが、きっかけではありません」

「きっかけは別にあるのか」

と言うとクロエはうなずき、なんの躊躇《ちゆうちよ》もなく教えてくれた。

「実は私は次期族長から求婚を受けていたのです」

「…………ぶほ」

気管支に唾液が入りそうになる。

情けないことではあるが、彼女の主《あるじ》であるシスレイアも似たようなものであった。両目を大きく見開き、ぽかんと口を開けている。

数秒間、沈黙し、互いに視線を交差させると、シスレイアは尋ねた。

「そ、そのような話、初耳です」

「それはそうでございます。今まで一度も言っていませんから」

「そんな秘密、ぽろっと言っていいのか？」

「もちろんでございます。おひいさまに隠し立てすることはありません」

それに、と続ける。

「もう二度と戻ってくることはないと思っていたバナの森に戻ってきたのです。一軍の運命も懸かっていますし、黙っておくわけにはいきません」

クロエはそう前置きすると、事情を説明する。

「繰り返しますが、私は次期族長に求婚を受けました」

「次期族長の妻になる予定だったのか」

「はい。ですが、それが厭《いや》で森を飛び出したのです」

「若くして将来を決められるのは厭だと思うが、族長の妻になるというのはドオル族の娘にとっては栄誉なことではないのか？」

「大半の娘にとっては。ですが、私は変わった子供でしたので」

「なるほど。ちなみに族長はどんなやつなんだ？」

「ドオル族一の勇者、バナの森の麒麟児《きりんじ》と呼ばれていました」

「それはすごいな」

「弓を持てば数百メートル先の鹿の眉間を射貫《いぬ》き、熊と相撲《すもう》を取れば負かし、義に厚く、礼節も重んじるお方です」

「……結婚を厭がる要素がないような。不細工なのか？」

「いえ、無骨な長老ではなく、母上によく似て、エルフ族のように見目麗しい方です」

「………………」

首をひねっていると、シスレイアが補足してくれる。

「レオン様、人は見た目ではありません。熊さんのように豪快な男性が好きな女性もいるはずです」

「なるほどな。全員が全員、美形好きではないよな」

と感想を漏らすと、先導をしてくれているエルフのエキュレートの足が止まったことに気が付いた。

「恋バナで盛り上がっているところ悪いんだけど、ドオル族の村の近くまで差し掛かったわよ」

「さすがはエキュレートだ。思ったよりも早い」

「お褒めにあずかり恐縮なのだけど、先に謝っておきたいことがある」

「なんだ？」

「近道を使いすぎて思ったよりも早く聖域を抜けていた」

「つまり？」

「ここはもうドオル族村ってこと。無断で立ち入っているから、いつ攻撃されてもおかしくない……」

と言うとエキュレートの足下に弓矢が刺さる。

びゅん、という音を発した先を見ると、そこには鬼のような男たちがいた。

牙こそ生えていないが、皆、勇壮な角を持っている。

彼らがドオル族であろう。それは知識として知っていた。ドオル族の男は頭に角があるのだ。

「なかなかに格好いいが、それにしても手荒な出迎えだな」

「外してはくれたみたいだけどね」

苦笑を浮かべるが、「これだから野蛮な鬼は……」と皮肉も忘れないエルフ。

俺は魔術学院時代に覚えたドオル族の挨拶を口にする。

意味はこんにちは程度のものであるが、挨拶は基本である。するにこしたことはなかったが、そのたどたどしい挨拶にクロエは苦笑している。

「ならば君が代わりに話してくれ」

と返すが、彼女は首を横に振る。

「お伝えしましたとおり、私はすでに部外者。それにドオル族はエルニア標準語が通じます」

「なるほど、でもそれでも同族のほうが話が通じると思うのだが」

「たしかにそうかもしれませんが、私と同じように、向こうにも私に対し、虚心ではいられない人物が交じっているようです。私が先頭に立って交渉すれば、事態が混迷してしまうかも」

そう言うとクロエは一歩下がる。

なぜだろう、とドオル族の武装集団を観察するが、その理由は推察できなかった。――できなかったが、その理由自身が自分から名乗り出てくる。

鬼の武装集団を率いていると思われる女性は、一歩前に出るとこう言い放った。

「そこにいるのは我が婚約者のクロエだな。勝手に森を出ていきなり戻ってくるとはいかに。返答次第では愛する娘とはいえ、容赦せぬぞ」

「…………」

沈黙してしまったのは俺だけではなかった。

おそらく驚いている理由も同じである。

目の前にいるのはドオル族の次期族長のようだ。さらにいえばクロエの婚約者だという。

まあ、そこまではよくある展開なのだが、そこからが斜め上の展開だった。

先ほども言及したが、目の前にいるのは美しい女性だからである。

毛皮と革の鎧《よろい》を折衷したかのような勇壮な格好をしているが、それ以外は男性らしさを感じさせない。流れるような美しい髪を腰まで靡《なび》かせている。

また女性らしい胸の膨らみや腰のくびれもある。顔の形もかなりの美形に分類された。

声も凛《りん》としており、艶《あで》やかさと張りを感じさせる。

つまりどこからどう見ても女性なのだが、そうなると疑問が湧いてくる。

「……次期族長が女で、その婚約者がクロエで……。え……？　え……？」

どんな大軍や強敵の前でも混乱などしたことがない俺であるが、さすがにこの事態は即座に把握できない。

頭に「え？　え？」という文字を刻みつけながら、次期族長とクロエの言葉を待った。

†

突如現れたドオル族の武装集団。

彼らは村を警備する自警団のようだが、問題なのはそれを指揮する妙齢の女性だった。

彼女は改めて自己紹介をする。

「我は族長アバオルの娘、ルルルッカ。この森を守護するもの。次期族長なり」

その言葉、雰囲気はたしかに族長の娘っぽいが、問題なのは彼女の身分ではなく、最初に宣言した言葉である。

「――我が婚約者のクロエ」

たしかに彼女はそう言った。

クロエを見るが、彼女は平然としている。ただ、彼女は先ほど、次期族長に求婚されたのが厭で逃げ出した、と言っていた。つまり辻褄《つじつま》が合うのである。

クエスチョンマークを浮かべる俺と姫様に同情してくれたのだろうか、クロエが説明してくれる。

「ドオル族の世界では男も女もありません。ある年齢になると女は戦士となるか、母になるかの選択を迫られます。そこにいるルルルッカ様は戦士になられる道を選んだ。しかも彼女はその道を極め、族長の娘だからではなく、戦士として次期族長に選ばれたお方です」

「それはすごいです」

目を瞠《みは》るシスレイア。

その言葉に謙遜をするどころか、えっへんと応じるのはルルルッカ。

「その通りだ。我はすごい。ドオル族の戦士は強いものから順に妻を娶《めと》れる。だから我はクロエを選んだというのに、クロエは我の求愛を断り、バナの森から逃げ出してしまったのだ」

なぜだ!?　と美しき次期族長は頭を抱えるが、クロエを見る。

彼女は、うんざりといった表情で教えてくれる。

「ルルルッカ様の言葉は真実です。ドオル族の戦士は優秀な嫁を選ぶ権利があります。女戦士でもそれは同じです」

「ドオル族は女同士でも子を残せるのか？」

「まさか。その辺は人間と一緒です」

クロエは強調する。

「ドオル族も普通に男子と女子が接合して子孫を残します」

「……接合」

言いよどむ俺を無視し、クロエは続ける。

「ですからルルルッカ様も強い戦士と結婚し、子孫を残すべきでしょう、とお薦めしたのですが」

と言うとルルルッカはそれを否定する。

「子孫を残す役と子育てをする役は兼務しなくてもいいじゃないか。クロエは我の身の回りの世話、それと子育てをしてくれればいい」

「重婚ってことか？」

「人聞きが悪い。ハーレムだ」

それもハーレムに当たるのかな、と、つぶやくと、ルルルッカは言う。

「まさしくそれこそがハーレムだ。強きものが自分の選んだ家族たちとひとつ屋根の下で暮らし、苦楽をともにし、最強の子孫を育てる。ドオル族に生まれしものならば誰でも憧れる生活だ」

ジーンと自分の手を握りしめ、感動しているルルルッカであるが、ドン引きである。それはクロエも同じだろう。だから彼女はバナの森を出たのだ。――となると、彼女をルルルッカと交渉させるのは悪手なような気もするが……。

どうするべきか、迷っていると、意外にも最初に声を上げたのはシスレイアだった。

「バナの森の民よ。そしてその代表たる族長の娘よ。わたくしの名はシスレイア・フォン・エルニア！　エルニア国の王の娘、第三王女！　此度《こたび》はこの国の大事に関わることがあり、バナの森の勇敢な民と話し合いの席を持ちたいとやってきました」

凜とした表情、張りのある声。

威圧することなく他者の心を動かすことができる王者の風格を持っていた。

これが王族の血筋に由来するのか、後天的な努力によって得られたのか、分からないが、未来のドオル族の族長の心には響いたようだ。

彼女は、

「……分かった」

一言だけ漏らすと、それ以上、クロエのことに言及することなく、俺たちを客人として持てなしてくれた。

「ドオル族は誇り高い部族だ。無礼は働かない」

ルルルッカがそう言うと、弓を構えていたドオル族の兵士たちは矢を戻し、弓弦を緩める。

このようにして俺たちはドオル族の村に入ることに成功した。

ドオル族は世界中に優秀な傭兵《ようへい》を派遣することで生計を立てている戦闘民族である。

幼き頃から武の教練に励んでいることは容易に想像できた。

村の入り口には石像のように立派な筋肉を持った門番がいる。村の中に入ると子供たちが槍《やり》を持ち、標的を模した人形に突きを入れている。

しかもただの突きではない。一撃一撃が鋭く、殺意が籠もっている。槍を突き刺すと同時に『ひねり』も加えて殺傷力を増している。天秤《てんびん》師団の新兵よりもよほど槍の扱いに長《た》けている。

槍だけでなく、弓も盛んなようで至る所に弓の練習場所があり、標的があった。大人も子供も真剣な表情で練習を重ねていた。

「世界最強の戦闘民族の異名は伊達《だて》じゃないな」

嘆息しているとシスレイアも同意する。

「クロエが強い理由が分かりました。このような環境下で育てば強くもなります」

「たしかに」

と同意しているとクロエはにこりと言う。

「馬鹿力はドオル族由来ですが、懐中時計を武器とする戦闘術は森を出たあとに習いました」

「なるほど、たしかに懐中時計を武器にする戦士は他にいない」

村を見渡しても誰も懐中時計を持っていなかった。

「森を出たあとにお師匠様と出会って習ったのです」

「いつか詳細を聞きたいが、それは今じゃなさそうだ」

「たしかに。今はルル様を説得する方法を考えないと」

一同は「うーん」と頭をひねらすが、ここで空気を読まないエルフが一言発する。

「というか、クロエって子を差し出せば、ルルルッカって子は味方になってくれるんじゃないの？」


「…………」


単純であり、非人道的であるが、たしかにそれが一番の近道のような気がした。

――ただし、実行をすることはないが。

クロエはシスレイアの忠実なメイドさん、シスレイアはクロエのことを姉のように慕っている。またクロエもシスレイアのことを妹のように思っている。互いに互いを売ることなど有り得ないだろう。

それに俺もここ最近、クロエというメイドさんと接する機会が増えた。彼女の淹《い》れてくれる心のこもった紅茶は、慣れぬ軍務で疲れた俺の心を確実に癒やしてくれる。

いわば俺にとっても彼女は必要不可欠な存在となっていた。

なので彼女を売るなど有り得ない。

というわけで説得でなんとか交渉をまとめるべく、指針をまとめる。

エルフ族のエキュレート以外は全員、同意見だったので、俺たちはルルルッカが用意してくれた宿に向かうとそこで作戦を練ることにした。

†

宿に向かうとそこで各自、部屋を割り振られる。男子の俺とエルフのエキュレートだけ個室だ。シスレイアとクロエは同部屋である。

旅の疲れが溜《た》まった彼女たちは即座に部屋に入り、休み始める。

彼女たちがそれぞれに部屋に入ると、俺は思考を切り替える。

どうやってドオル族と交渉するか、その一点に集中する。

(正攻法で攻めるにしても、なにか手土産《てみやげ》は必要だよな)

正攻法で攻めるのならば、「最近、森に湧いているオーガを討伐する」ことを引き換えにするのが定石であるが、ドオル族はプライドが高い種族だ。もしもそのことをこちらから持ち出せばへそを曲げる可能性大だった。

(……ただ、なにも言わないと絶対に口にしないだろうな)

つまり言うも地獄、待つも地獄状態なのだ。

この上なく面倒であるが、思考を放棄することはできない。

と、あらゆる可能性を考えていると、夜中、物音に気が付く。

がちゃり、という音が聞こえたのだ。

なにものかがこの宿のドアを開けた気配がした。

俺は枕元に置いてある杖《つえ》に手を伸ばすが、数分経《た》ってもなにごともない。

（……つまり、誰かが侵入したのではなく、出て行ったということかな）

では誰が出て行ったのだろうか。

この宿は基本的に男女別々になっている。

なので仲間たちの様子は分からない。

深夜、お姫様の寝室を覗《のぞ》きに行くのは不敬であり、大罪のような気もするが、なにかあったらそれはそれで問題なので、部屋を出て確認に行く。

――するとタイミングよく女性陣の部屋から人影が出てくる。

一瞬、シスレイアかと思ったが違った。

出てきた女性はガサツだった。

「ふぁ～あ」と大口を開けながら歩いている。下着姿で。

俺の敬愛する姫様は絶対にそのような行動を取らない。

しばし、そのものの行動を観察する。

エルフ族の娘、エキュレートはトイレに入ると用を足していた。

どうやら尿意を催して起きただけのようである。

女性が用を足しているところを観察するのは無粋だと思ったので、離れるとシスレイアとクロエが寝ているだろう部屋の前まで行く。

そこで扉を開ける――、ような無粋な真似《まね》はせず、《聴覚強化》の魔法を使う。

扉の中からは、「すうすう……」という穏やかな寝息がひとり分だけ聞こえる。つまり室内にはひとりしかいない。

トイレに行くため、席を立ったという可能性も低いだろう。

なぜならば今、トイレにはエキュレートしかいないからだ。

「……となると抜け出したのはクロエか」

消去法となるが、間違っていないだろう。

こんな深夜にどこに出掛けたのだろう？

気になった俺は宿の扉を開け、そのまま外に出た。


バナの森にも夜は訪れる。

街と同じように深夜は訪れる。

ただ街と違うのは、バナの森の夜は真っ暗だということだろうか。

街には街灯も電球もあるが、ここにはないのである。

星空の明かりだけが頼りだった。

しかし、魔術師にはあまり関係ない。

魔術師は星明かりさえあれば、それを増幅し、昼間と同じような視界を得ることができるのだ。

習ってよかった初級魔術ランキングの上位に位置する《暗視》を駆使しながらドオル族の村を歩く。

一応、直前に付けられたと思われる足跡と魔力の残滓《ざんし》を頼りに移動するが、クロエは村の中央にいるようだ。

広場のような場所で身体を動かしている。

彼女はストレッチをし、演武をするかのように待っていた。

自身の得物である懐中時計を振り回し、闇に溶け込むかのように身体を揺らしている。

その姿は神秘的でとても美しく、しばし見とれてしまったが、永遠に見とれているわけにもいかない。声を掛けようと一歩踏み出すと、彼女のほうから声を掛けてきた。

「……レオン様ですね。このような深夜になに用ですか?」

「それは俺の台詞《せりふ》だな。うら若い女性が深夜に外出するのは褒められたものじゃない」

「ここは私の生まれ故郷。目をつぶっても歩くことができます」

「つまり今は夢遊病患者のように歩いているだけ、と主張したいんだな」

「そうです。ただ、目をつむりながら歩いているだけ」

彼女は目をつむりながら演武を続ける。

「……この村に帰ってから心がざわついています」

「元婚約者に再会したから？」

クロエは首を横に振る。

「いえ、元から彼女のことはどうも思っていません」

冷たいというよりは本当に興味なさそうに返答される。

「私の心がざわめいているのは、この村を捨てた罪悪感でしょうか。私と同じ年頃の子はもう子を産み育てています。一族の務めを放棄し、自由気ままに生きていることに罪悪感が……」

「なるほど、たしかにそうかもしれないな。この村の娘たちは強い子を産むことに命を懸けているようだ」

昼間、鍛錬や修練を重ねる我が子に弁当を届ける若い母親を見た。

頑張ってと微笑む母親と、それに応えようとする少年の姿を見た。

きっと彼らにとって強い戦士になるというのはなによりもの誉れなのだろう。

そんな中、それを放棄した自分を卑下しているような節がある。しかしそれは違うと諭す。

「クロエはたしかに森を出た。子供だって産まなかったし、育てもしなかった。でも、代わりにもっと大きな子供を育てたじゃないか」

「もっと大きな子供？」

首を捻《ひね》るクロエ。

言葉の意味を尋ねてくる。

正直に答える。

「そのままの意味だよ。君は大きな子供を育てた」

「おひいさまのことですか？」

「そうだ。彼女のことを大きな子供というとへそを曲げるかもしれないが、彼女は君が育てたようなものなのだろう？　幼き頃、宮廷に上がったとき以来、君が陰日向《かげひなた》になり彼女を守り、侍女として仕えてきたと聞いた」

「はい、一日の例外もなくお側《そば》にいました」

「シスレイアは言っていたよ。ひとりも味方のいない宮廷でどれだけ君の存在がありがたかったか。心強かったか。彼女にとって君は姉であり、母であり、友だと言っていた」

「……おひいさまが」

「照れくさくて本人には言えないそうだがな」

「…………」

「だが心のそこから感謝している。それはそばにいるだけで分かるだろう？」

　はい、と小さくうなずく少女。

「つまり君はおひいさまという最高の淑女を育てたんだ。そのおひいさまはやがてこの世界を照らす光となるだろう。さすれば君はその光を生んだ姫様を育てた女性となる」

「……光を育てた女性」

「それはひとりの子を生み育て上げることと同じか、それ以上に立派なことだ。誰しもができる行為ではないと思う」

　俺はそう言うと、「まあ、そのなんだ」と続ける。

「だからあまり自分を卑下しないでくれ。負い目を感じないでくれ。君が憂いに満ちた表情をしていると悲しい」

　そう言うと鼻の頭を掻《か》く。

　気恥ずかしい言葉だと承知しているからだが、クロエはその姿を見ると「くすくす」と笑ってくれた。

「レオン様は本当に女殺しでございます。その自愛に満ちたお心で次々と女を落としていきます」

「君は例外だろう」

「ですね。おひいさまの母にして姉である私が旦那様を奪うことはできません」

「まあ、おひいさまと俺が結ばれることはないと思うが」

「ふふふ、それはどうでしょうか」

意味ありげに微笑むが、クロエは思い出したように言う。

「ああ、レオン様、姉と母としてはおひいさまは裏切れませんが、友としては裏切ることができるかもしれません」

「どういう意味だ……？」

困惑しているとクロエはさも当然のように言う。

「一生の思い出にハグしてくださいまし」

「………」

あまりの提案に沈黙せざるを得ない。

なんというぶっ飛んでいる上に、困難な課題を俺に突きつけてくるのだろうか。

そう思ったが、クロエは悪気ゼロの表情と口調で言う。

「レオン様、女の子をこのようなロマンチックな気持ちにさせたのです。責任は取るべきかと」

そのような論法で終始攻められる。

俺は困り果てた顔で星空を見上げた。

†

大森林の奥底で恋愛喜劇のようなやり取りをしていると、それを邪魔するものが現れる。どうやら俺とクロエのやり取りを覗き見していた人物がいるようだ。

そのものは顔を真っ赤にさせ、藪《やぶ》の中から出てくる。

「は、破廉恥だぞ！　貴様ら！　未婚の男女がハ、ハグなど」

たしかにその通りなのでクロエの肩を摑《つか》み、距離を置くと覗き見していたものの名を呼ぶ。

「これはこれはドオル族の次期族長のルルルッカ様ではないですか。こんな夜分に珍しい」

見ればそこには先ほど出会ったドオル族の次期族長がいた。

どうやら彼女はクロエに夜這《よば》いをしようとやってきて、先ほどの光景を見てしまったらしい。右手に握られていた花がクシャクシャになっている。

どうやら相当、クロエのことが好きなようで、先ほどの場面はショックだったようだ。なのでその衝撃を和らげるため、弁解しておく。

「言っておくがさっきのハグとかいうのは、クロエ流の冗談だからな」

確認を求めるようにクロエを見つめ、同意を求めるが、彼女は空気が読めない。きょとんとした表情で「私は常に本気の女ですけど」と言う。


（く・う・き・よ・め）

声に出ない声でそう言うとクロエはさすがに察してくれた。

「あ、ああ、そうです、そうです。冗談ですよ。ハグなんてとんでもない」

私が抱きしめるのは大木くらいです、と近くにあった大木を抱きしめ、めきめきとへし折る。

（力持ち過ぎるだろ……）

と心の中でツッコミを入れるが、ルルルッカ様の気分は収まらないようだ。

「ゆ、許さない。我のクロエをこのような破廉恥な性格の娘にしおって」

「俺が彼女を悪の道に誘ったみたいな言い方はやめてほしい」

「森にいたとき、クロエは森一番の淑女だった。しかし、都会から帰ってみればこうだ。きっと都会で悪い男に騙《だま》されたに違いない」

「騙すもなにもまだ会って数ヶ月だぞ」

「たったの数ヶ月で我の愛《いと》しい女を激変させおって」

ルルルッカは目を真っ赤にさせながら、腰から曲刀を抜き出す。

「それは俺を斬り捨てるという意思表示かな」

「違う。決闘をし、愛するクロエを取り戻すという意味だ」

「面倒だなあ」

と思っているとクロエは余計なことを言う。

「レオン様が負けるとは思えませんが、負けたとしてもルル様の嫁にはなりません」

その言葉でルルルッカの決意は固まったようだ。

血管を浮き上がらせながら曲刀を抜き出す。

「……なにもかもがもうどうでもいい。今、この瞬間、我は悪鬼羅刹となる。目の前にいるもの、すべてを斬る!!」

血の涙を流しながら、彼女は音速に近い速度で剣を振るう。

その一撃は素早く、力強い。

刹那の速度の曲刀を俺は右手に持っていた杖で受ける。

その一撃はやはり重く、強かった。

しびれる右手で彼女の実力を察した俺はつぶやく。

「……まったく、面倒な展開になったもんだ」

これならばクロエを連れてこないほうが幾分ましだったか、と思わなくもないが、今さら後悔してもなにも始まらない。

この期に及んでは覚悟を決めるしかなかった。

俺は右手に持った杖に魔力を込めると、ルルルッカの曲刀を押し返す。

彼女を押しのけた瞬間、左手に溜めていた魔力を放出する。

ルルルッカはそれを颯爽《さつそう》と後方へのステップでかわす。

見事な動きであった。魔力の一撃の威力を知っているものの動きだった。

さすがは次期族長、あらゆる戦闘を体験しているようだ。対魔術師用の動きになっている。

それに先ほどまでの怒りに任せていた動きがない。冷静で冷徹な戦士の動きになっていた。

こちらの攻撃をかわし、確実にこちらに一撃を入れる隙を狙っていた。

まるで猫科の肉食獣のような動きであった。

そのように感心していると女豹《めひょう》は言う。

「女だからといって甘く見るなよ。我はドオル族の中で一番の曲刀使いぞ」

その言葉を証明するかのように無数の連撃が襲ってくる。

袈裟《けさ》斬り、突き、十文字斬り、二段斬り、あらゆる軌道でやってくる彼女の曲刀、こちらもステップや魔力の盾などでしのぐが、白兵戦は彼女のほうに一日の長があった。

劣勢になり、後退を余儀なくさせられる。

中央広場から後退しながら隙をうかがうが、なかなかにそのときは訪れない。

それは彼女も同じなのだろう。必殺の一撃が放てず、やきもきしているのが伝わる。

基本方針として彼女は常に白兵戦を挑み、俺に魔法を使わせない。俺は彼女と距離を取り、魔法を使う隙をうかがう。

単純な駆け引きのみが繰り返されたが、それは見た目よりも高度な駆け引きであった。わずかばかりの隙が命取りになるのだ。

――つまり、わずかばかりの隙を作ったほうが負けだ。

そう思った俺は左手に魔力を込める。

そしてほんのわずかな隙、刹那の瞬間を作り上げる。

具体的には杖の魔力を五〇パーセントほど出力アップしたのだ。

さすればいきなりのことにルルルッカは動揺する、という計算のもと、行った奇策である。ちなみにこれは手を抜いていたわけではなく、少ない出力であえて戦っていたのだ。

敵の虚を衝《つ》くため、ほんのわずかな隙を作るためだけに張った伏線である。

この伏線を成立させるために文字通り死線をさまよっていたのだ。

俺は思う存分伏線を回収させてもらう。

ルルルッカがわずかに怯《ひる》んだ隙、俺は左手に溜めていた魔力を解放する。

《爆砕》

爆発力に特化した呪文。鉱山に所属する魔術師たちが採掘のため使う魔法。

直接的な破壊力はないが、岩や地面を砕くことに関してはこれ以上ない魔法である。

俺はそれを己の足下、村の広場の中心で放った。


ゴゴゴ！

と、うなり声を上げる地面、鳴り響く地響き。

解き放たれた魔力は大地を穿《うが》ち、砕く！

爆発した地面は土と石を周囲に四散させる。

バナの森の土はあっという間に周囲に飛び散り、ルルルッカの視界を奪う。

視界を奪われたルルルッカは一瞬だけ、啞然《あぜん》とするが、すぐに曲刀を振り回し、対処する。

周囲に剣の結界のようなものを張る。

死角からの襲撃を恐れているのだろう。

それは正しい戦術に思えたが、彼女は魔術師を甘く見ていた。

たしかに前後左右、頭上からの攻撃にはそれに耐えられよう。

しかし、魔術師というやつは人間の想像のおよぶことならば大抵のことは実現する。

その実現力と俺の小賢《こざか》しさが交われば、このような芸当をすることも可能であった。

心の中でそう漏らすと、俺はルルルッカの足首を摑む。


「なっ!?」


声にならない声を上げ、驚愕《きょうがく》の表情を浮かべる美しい次期族長。

そう俺は前後でも左右でもなく、ましてや天からでもなく、『地』から彼女の虚を衝くことにしたのだ。

魔法で地面に潜り込むと、彼女の足下へ移動、彼女の真下から現れる。

一流の戦士でもなかなか読むことができない奇襲に彼女は面食らっていた。

俺はそのまま地上に出るが、彼女の足を離さない。すると彼女は逆さとなる。

剣で反撃を試みるが、俺は彼女の手首に蹴りを入れ、曲刀を手放させる。

こうなればもはやなにもすることはできない。

今、目の前にいるのはただ、上下が逆転した娘だった。重力のくびきに囚われている娘だった。

さらにいえば逆さにされ、スカートがめくれている娘だった。

下着が丸見え――、ではなく、なにも穿《は》いていない娘だった。

目のやり場に困っていると、クロエが説明してくれる。

「ドオル族には下着という文化がありません。私が出奔した理由のひとつです」

「……なるほどね」

皮肉気味に漏らすと、視線を膝下にし、ルルルッカに問う。

「形勢は定まった――、と思うのだけど、まだ抗戦するかね」

「舐《な》めるな、我はドオル族の戦士、負けたときは素直に負けを認める」

「降参してくれるのか。それにしては勇ましいな」

「今まで一度も負けたことがないからな」

「なるほど、人生初の敗北か」

「そうだ。正直腹立たしい。むかつく」

「正直だ」

「ああ、本当に腹立たしい。これで我の人生計画は大いに狂った」

「どういう意味だ？」

と言うとルルルッカは頬を染めながら言った。

「……これで我はお前の子を産まなければいけなくなった。ドオル族の女戦士は初めて敗北した相手が男だった場合、その子を産まなければいけないのだ」

「…………」

あまりにもな風習に度肝を抜かれる。驚愕のあまり思わずルルルッカの足首を離してしまう。

彼女は空中でくるりと回転すると、「よっ！　はっ！」と両足を地面に着けた。

服の乱れと埃《ほこり》を取る。

彼女は怒った様子もなく、右手を差し出してくる。

「――というわけで、これからお前の子を産むことになる女だ」

そう前置きすると、にかり、と白い歯をみせ、俺の手を無理矢理握る。ぶんぶんと振り回してくる。

きょとんとするしかないが、「このまま暗がりに行って子供を仕込むか？」と尋ねてくる気が早る。

い娘を抑える。

「いや、男にも心の準備がある」

「男は畑に種をまくのが仕事だろう。あとは全自動だ」

「クロエが好きなのだろう」

「好きだぞ。今も愛している。だが、ドオル族は妻も夫も複数持っていいことになっているのだ」

「俺は夫のひとりか」

「我に勝てる男はドオル族にひとりもおるまい。女ならばクロエがわずかに可能性があるかな」

軽くクロエを見るルルルッカに、「恐縮です」と頭を垂れる。

「というわけでお前が子作り担当、我が産む、クロエが育てる。黄金パターンを築きたい」

ルルルッカは真面目な表情で言うが、とにかく、今宵《こよい》はもう引き下がってもらう。

先ほどの戦闘音でドオル族の人たちが集まり始めていた。

皆、なにごとか、という顔をしている。

そんな中、ルルルッカは俺と腕を組んでいるのだから堪《たま》らない。ともかく、明日、陽《ひ》が上がったら、エルニア国の使節として話をさせてもらう約束を取り付ける。

彼女は渋々了承すると下がっていった。

途中、側近のものに嬉々《きき》として決闘の結果を伝え、

「負けた負けた、気持ちのいい負けっぷりだった」

と笑っている辺り、豪胆な性格と気っぷの良さを滲《にじ》ませている。

その姿を見て俺は困ったものだな、と漏らすと、クロエは言った。

「……これが私がこの森を出た理由のひとつです。おわかりいただけましたか？」

「……痛いほど分かったよ」

そう言うと俺とクロエは同時に溜息《ためいき》を吐き出し、宿へと戻った。

エキュレートの部屋からは豪快な寝息が聞こえる。

シスレイアの部屋は静かだった。クロエは主を起こさぬよう静かに部屋に入る。

時計を見るといい時間だった。あくびを抑えながら部屋に戻ると、そのまま眠った。昼間の疲れ、それに決闘の疲労、決闘後の気疲れで身体《からだ》が悲鳴を上げていた俺は、ぐっすりと眠ることができた。

それだけが唯一の救いだった。

†

翌朝、一同は同時刻に目覚める。

理由は様々であるが、基本、俺は眠りが短い。眠っているくらいならば本を読んでいたい、というタイプだった。

クロエはメイドさんという早起きが習慣化している職業ゆえに朝日と共に目覚める習性があるよ

うだ。

シスレイアは生来の生真面目さが早起きの理由のようである。

エキュレートも森のエルフ、太陽と共に目覚め、活動することになれきっていた。

つまり意外と全員、早起きなのだ。

「健康的なのはいいことでございます」

にこりと締めくくり、朝食の席に着くシスレイア。

整った髪型、さわやかな笑顔、まさに早朝に舞い降りた天使である。

クロエも髪型や服装の乱れひとつない。

ボサボサの髪と寝間着姿のままパンを食べているのは、俺とエキュレートだけだった。

こういうところに性格が出るな、と思いながら朝食を頂く。

朝食はライ麦入りのパンにベーコンスープ、温野菜という有り触れたものであった。

手は込んでいないが、心はこもっており、美味ではある。

パンには隠し味に蜂蜜、スープには旨味《うまみ》調味料、温野菜には岩塩がぱらりと振りかけられている。

小さな工夫であるが、その小さな工夫の積み重ね、思いやりこそが料理を何倍にも美味《おい》しくする秘《ひ》訣《けつ》なのだそうな。

とはご奉仕の大家、料理のスペシャリストであるクロエの言葉だった。

含蓄ある言葉だな、と思いながら横を見ると、フォークでスープのベーコンを避けている少女を見つける。

肉が嫌いなのかな、と声を掛けるとエキュレートは言う。

「お肉が嫌いな女子などこの世界にいません」

自信満々であるが、こうも続ける。

「しかし、基本的にエルフはお肉が合わない体質なのです」

「どっちだよ」

「いえ、ですから、お肉の味は好きなので、お肉でダシを取ったものは好物です」

と言うとベーコンをフォークで俺のカップに運ぶと入れる。

スープはずずっと飲む。

自由奔放な娘である。

そんなふうに各自の食事を観察していると、食後のコーヒーが届く。

いや、コーヒー風飲料か。

森の中ではコーヒーは貴重なので、代用のタンポポ茶が出された。

タンポポをこしてコーヒーの代わりにするのだ。それだけだと味気ないが、さらになにかしらの香草が入っているらしくそれなりに美味しい。

純粋なコーヒーではなく、タンポポ茶として普段から愛飲したいくらいだ。

そう感想を漏らすと、クロエも参入してくる。

「レオン様はコーヒーもお好きなんですか？」

「まあね。本好きだからコーヒーを愛飲しながら眠気を覚ましているよ」

「一冊でも多く本を読むためですね」

「そういうこと。水出しコーヒーが好きかな。香りは抑えめになるが、渋みと酸味が抑えられる気がする」

「なるほど、紅茶も渋いのは苦手ですしね」

「うむ。要は子供舌なんだろうな。オムライスやハンバーグが大好きだ」

くすくす、と笑うクロエ。釣られてシスレイアも笑う。

「レオン様はオムライスとハンバーグがお好きなんですね」

「東方から伝わったカリーも好きだぞ」

「まあ、カリーもですか」

「うむ。特に林檎《りんご》と蜂蜜が入ったやつが好きだ」

「甘口がお好きなんですね」

「辛いのも嫌いじゃないが、カリーは甘いほうが好きかな」

そう言うとシスレイアはメモをしている。

クロエは説明する。

「おひいさまは最近、料理の研究に勤《いそ》しんでいらっしゃるのです。忙しい軍務の合間を縫って料理本片手に奮闘しています」

「そういえばこの前、姫様が料理の本を借りてきていたな」

「すべてはレオン様のため。愛する殿方に美味しい料理を食べてもらいたい一心なのです」

そのような物言いをされると照れてしまうので表情を隠す。

「まあ、姫様が一生懸命に作ったものならばなんでも美味しいさ。さて、美味《うま》い朝食とコーヒーもどきにもありつけたし、そろそろ出掛けるか」

と言うと一同は席を立つ。

これからどこに行くのですか。と尋ねてくる無能な人間はこの場にひとりもいなかった。


俺たちが向かうのはドオル族の族長の家。

この村の長にして、一族の指導者の家に向かう。

彼さえ説得できればドオル族が味方をしてくれるはずであるが、さてはて、上手《うま》くいくだろうか。

「ルル様から説得してもらうのはいかがでしょうか？　レオン様と彼女は半分夫婦のようなもの」

その言葉ににこりとしながらも拳を握りしめるお姫様。クロエも彼女の性格を熟知しているのだから、そのような物言いはやめてほしい。

軽くたしなめると言う。

「いくら長でも、いや、長だからこそそういう私情は挟まないだろうな」

「ならば実利をちらつかせないといけませんね」

「そういうことだ。ま、なるようになるさ」

わざと適当に言う。今から肩肘を張っても仕方ない。彼女たちを怯《おび》えさせてもなんにもならないのだ。

というわけで族長の家に向かう。

族長の家は村の端にあった。

一際大きく、一際立派である。

ドオル族の家はエルフ族とは違ってしっかりしている。

石積みの家もそれなりにあった。

ちなみに族長の家も石造りで、周りに塀もある。

緊急時はここに籠もって敵を迎え撃てるようにできているのかもしれない。

そんなことを思いながら門番に声を掛ける。

「我々はエルニア国の使者だ。昨日、族長の娘、ルルルッカ殿に許可を頂き、訪問した。族長に会わせてくれないか？」

一瞬、門番は怪訝《けげん》な顔をしたものの、最終的には通してくれた。

「……我々は招かれざる客のようですね」

とはシスレイアの言葉であるが、その通りだろう。

分かってはいたが、ドオル族の人たちからはあまり歓迎されていないようである。

クロエが申し訳なさそうに言う。

「ドオル族は人見知りのものが多いのです」

「だろうな」

「特に村に残っているものは頑固です。融通の利くものは傭兵として世界中を放浪しています」

「種族としても頑固で融通が利かないが、その中でもとびっきりのが残っているって寸法か」

軽く苦笑いを浮かべ同意するクロエ。

俺とクロエは溜息を漏らすが、シスレイアだけは気を吐いていた。

「ここで愚痴を言い合っても始まりません。話してみれば案外、気が合うかも」

そのような論法で一同を引っ張る。

たしかにその通りだ。最初から偏見の目で相手を見れば、相手もそれに感づくだろう。

俺たちはできるだけ先入観を持たないように気をつけながら族長のいる間へと向かった。

†

族長の顔こわっ！

というのが俺の正直な感想だった。

目の前にいるのは、玄武岩をくり抜いて作り上げたかのような大男。

およそ笑顔とは無縁の無骨な男だった。

初老の域に差し掛かっており、貫禄《かんろく》も満載である。

俺や姫様よりもずっと軍人らしい男だった。

そんな族長様。

脇にはドオル族の幹部と思われる男ふたりと、娘であるルルルッカが控えている。

ルルルッカと視線が合うと、にこりと微笑み、手を振ってくる。正直、恥ずかしいし、場違いだからやめてほしい。

案の定、ドオル族の族長はぎろりと睨《にら》みつけてくる。

俺は我関せず、を貫いていたので、怒りの矛先はルルルッカに向かってくれた。しょぼんとしている。

自業自得であるが、助け舟を出してくれる人物がいた。シスレイアである。

彼女は一歩前に出ると、エルニア陸軍少将らしい威厳に満ちた表情で言った。

「お初にお目にかかります、ドオル族の族長。わたくしはシスレイア・フォン・エルニア。エルニア王国の第三王女にして天秤師団の師団長。陸軍での階級は少将です」

深々と頭を下げると、ドオル族の長は返礼をする。

「――ようこそ、招かざる客人よ。我はドオル族の族長、ウルマイット」

「素敵なお名前ですね」

シスレイアは微笑みながら言う。

「あなたもお美しい名前だ」

「ありがとうございます。この名は母がつけてくれました」

「きっと母上もお美しい方なのだろう。――しかし、美しいからと言って無条件で心を許すと思われたら困るが」

「分かっております。ドオル族に協力していただくにしてもあなたがたの心を開き、自主的に協力していただきたいと思います」

「なるほどな。しかし、我がドオル族は自分で言うのもなんだが、頑固である。特にこの村に残っているものは特にな」

先ほどクロエが話したことをそのまま言われたので内心苦笑してしまうが、笑いはしない。

「ドオル族に協力してもらうにはなにか手土産が必要なようですね」

「だろうな」

「それでは黄金はいかがでしょうか？　我が家、一式を担保に金貨を一〇〇〇枚ほど用意します」

「目もくらむような大金だ。傭兵家業をしてもなかなか稼げないだろう」

「ドオル族の戦士にはそれだけの価値があります」

「そう言ってもらえるとありがたいが、それだけではな」

シスレイアが困った顔をしていたので、俺が助け舟をだす。

「腹の探り合いもよろしいですが、ときには単刀直入に言うのもいいでしょう。ウルマイット族長よ、あなたの望むものを言ってください」

その言葉を聞いたウルマイットは俺を値踏みするように見ると、「うむ……」と続けた。

「いいだろう、たしかにそのとおりだ。我々が望むのは最近、この森を悩ませているオーガの討伐だ」

「オーガ!?」

その言葉に反応したのは同行していたエルフのエキュレートだった。彼女は興奮気味に言う。

「やはりドオル族もオーガに悩まされていたのか?」

「そのとおりだ、エルフ族の娘よ。お前たちは我らがオークを復活させたと思っているようだが」

「それは蒙昧《もうまい》な一部のエルフ族たちが言っているだけです」

エキュレートの代わりに俺が頭を下げる。

「……分かっている。どこの部族にも頭の堅い連中はいる。我がドオル族にもオークの復活の責をエルフ族に転嫁するものがいる。無論、そのようなこと我は信じていないが」

だが——とウルマイットは続ける。

「このままオーガの害が広がれば、誤った伝聞が広がる可能性も十分ある。それを事前に止めたい」

「――と、おっしゃいますと？」

「エルフ族とドオル族から戦士を出し合い、ともにオーガを討伐しようと思っている」

「それは素晴らしい考えです」

シスレイアは笑顔を漏らす。

「ともに剣を取り、同じ窯のパンを食べれば、百日話し合うよりも分かり合えるというもの。是非ともその案を実行に移してください」

全肯定する姫様。さらに提案を重ねる。

「エルフとドオル族が共闘する際、よろしければわたくしどもにも協力させてください」

「どのような意味だ」

「そのままの意味でございます。わたくしたちも討伐に加わります」

「人間族も関わることによって三族融和を図るか」

「そうなれば幸いですが、そこまで遠大な意図はございません」

「ほう……」

「この森は王国の治外法権にあります。ですがこの森の民もエルニアの民にほかなりません。わたくしはこの国の王族として民を守る責務があります」

その言葉を聞いたウルマイットはじっとシスレイアを睨みつける。

シスレイアは平然とその視線を受け止める。

ドオルの族長、ウルマイットはかつて単身で百の兵を斬り殺したことがある猛者だった。百鬼の異名を誇る、ドオル族の戦士の中の戦士であった。

そのようなものの凝視にも平然としているシスレイアはたしかに非凡な姫様だった。

百鬼もそれを感じ取ったのだろう。

深く感じ入った表情でうなずく。

「……いいだろう。いや、こちらからお願いしよう。今回のオーガ討伐、是非とも貴殿らにも協力してもらいたい」

ウルマイットは深々と頭を下げることによって族長としての度量を見せる。

部下を従わせることによって信義を見せる。

横にいた側近、それと廊下で控えていたドオル族の男たちがやってくると、ドオル族式の礼を取る。

一同を代表し、族長の娘、ルルルッカは言う。

「我らドオル族はエルフ族と人間族と共闘する。共にひとつの目的のために戦うことを誓わん！」

その宣言を聞いた瞬間、室内は沸騰する。

「オーガに我らの強さを見せん。エルフと人間に我らが勇気を知らせん!!」

勇壮で盛大な声が響き渡る。

こうして三族共闘による討伐部隊が組織された。

†

オーガ討伐が決まると、数日、休養期間が設けられる。

理由としてはエキュレートがエルフの村に向かっている間、暇だったということもある。

その間、ドオル族の戦士たちを訓練してもよかったのだが、彼らは歴戦の猛者、俺たちが教えることなどなにもなかった。

「逆にこちらのほうが教えてもらいたいくらいです」

とはシスレイアの言葉であった。

彼女はエルニア陸軍の少将であるが、武芸がちと苦手なのである。

なので本当にドオル族のものから武芸を学ぼうとする。

よたよたとした手つきで、慣れぬ大剣を振り回そうとする姫様を見て、ドオル族の戦士も苦笑を浮かべている。

可愛《かわい》らしいのでそのまま見守りたくなるが、クロエが心配そうにしているので止める。

当の姫様は不満をあらわにするが。

「レオン様は過保護すぎます。わたくしはこれでも剣の鍛錬をしています」

「細身のレイピアだろう。君の得意武器は」

「レイピアでは限界を感じていました」

「だからって無理に大剣を振るう必要はないさ。そもそも指揮官は剣を振るう必要はない」

「指揮官こそ陣頭に立ち、皆を鼓舞したほうがいいのではないでしょうか？」

「逆だ。指揮官は味方の後ろで堂々としているほうがいい。指揮官が前線に出れば思うように指揮ができないし、もしも指揮官に万が一があれば指揮系統が混乱し、大敗する」

「……理屈は分かりますが」

それでも兵士にだけ過大な責任を押しつけるのをよしとしない信条があるのだろう。納得いっていないようだ。

「戦うのは俺たちだけでいい。姫様は将の中の将になってくれればいい」

「将の中の将？」

「そうだ」

「ここは違う世界。地球と呼ばれる世界に『ハン』と呼ばれる大帝国を築いた皇帝がいた。彼は自らが軍を率いれば必ず負けるという無能な男だった」

「まあ、そのような皇帝が。しかし、そのようにいくさに弱かったのになぜ、大帝国を築き上げることができたのでしょうか」

「それは自分がいくさによわいと知っていたからさ。己のことをよく知っていた」

「……己のことを」

「そうだ。ハンの皇帝、リュウホウと呼ばれた男は、部下の忠言を受け入れた。彼の部下、天下無双の士、カンシンは言った。

陛下は将の将でございます。

と――」

そこで一拍置くと説明をする。

「つまり名将カンシンは主リュウホウの性質を見抜いていたんだ。主が前線の勇者ではなく、後方から将を指揮する才能があったことを。有能な人物を取り立てる才能があったことを。逆にカンシンは言っている。自分は兵士の将に過ぎないと」

「……」

「つまり俺がなにを言いたいのかと言えば、姫様には将に愛される将になってくれということだ」

「将に愛される将……」

「そうだ。姫様はすでに兵士には愛されていると思うんだ」

周囲を見る。周りにはドオル族の戦士がいた。

「初めて訪れる亜人の村人にこんなにも親切にされているのがその証拠だ」

シスレイアは周囲を見回す。「ありがたいことです」と言う。

「ドオル族の戦士はなんの約束もないのに助《すけ》っ人《と》を買って出てくれた姫様に一目置いているんだよ。さらに言えば貴重な砂糖を使って焼き菓子を作り、子供たちにお菓子を振る舞う姫様に感謝しているんだと思う」

遠くから姫様を見つめる子供たち。

姫様は戸惑っている。当たり前のことをしているだけなのに、という顔をしている。

しかしその当たり前のことを当たり前にできる人間がいかに少ないか、俺はよく知っていた。どんなときも他人に、弱きものに優しくできる人の貴重さを俺は知っていた。

姫様の思い描く優しい世界はこの森だけではない。王都にも広がっている。

貧民街で炊き出しをする姫様。

負傷する兵士を治療する姫様。

傷痍《しょうい》軍人に優しい声をかける姫様。

ときに守るべき対象に罵倒されることもある。剣を向けられることもある。

しかしどんなに傷つけられても姫様は相手を恨むことはない。相手を憎むという感情がないのだ。

それは素晴らしい才能であり、輝かしい個性でもあった。

是非、その長所を伸ばし、将の中の将、――いや、王の中の王になってほしかった。

あらためてシスレイアを見つめる。

銀色の髪を持った美しい娘。

生命力の根源のような力強い瞳。

たしかな意志に裏付けされた清い心。

それらはすべて彼女を形作っているものであり、彼女の魅力の源泉でもあった。

俺は、レオン・フォン・アルマーシュはそんな可憐《かれん》な少女に惚《ほ》れたのだ。その身命を賭して仕えたいと思ったのだ。

俺は彼女の夢に協力する。その王道に付き合う。

そう決めていた。

目下のところは彼女の決めた指針に従うべきだろう。

その指針とはこの森を救うことである。

（……オーガを倒しても、はい、そうですか、と兵を貸してくれることはないだろう――普通ならば、だけど）

しかし姫様は普通ではない。すでにドオル族のものの心を摑みかけている。

意図的にではなく、その人格によって。

これならばもしかしたらオーガを討伐すれば、ドオル族は味方になってくれるかもしれない。

俺はそんなほのかな期待を感じ始めていた。

（……お膳立ては整った。あとはオーガを駆逐するのみ。これは俺の仕事）

俺はできる限り味方の被害を少なく、短時間でオーガを駆逐できる策略を考え始めた。

†

俺が新たな決意を固めていると、エキュレートがエルフ族の戦士たちを連れて戻ってくる。

ぞろぞろと入ってくる戦士の集団を見て、ドオル族は嫌悪感を隠さない。

「耳長め……」

と蔑称を吐くものもいる。

「エルフ族とドオル族は相容《あいい》れぬものなのですね」

吐息を漏らすシスレイア姫。

メイドのクロエは説明する。

「ドオル族は武の一族、エルフ族は智《ち》の一族。同じ森に住んでいますが、なるべく関わり合いにならないようにしておりました」

「同じ宮殿に住んでいて言葉も交わさない兄弟のようなものですね」

自嘲気味に言うシスレイア。

「当たらずとも遠からずです。同じクラスのわんぱく坊主と学究肌の生徒、と例えることもできましょうか。エルフ族はドオル族を野蛮、ドオル族はエルフ族を軟弱だと思っています」

そこににょきっと現れたのは族長の娘だった。

ルルルッカは言う。

「思っているのではない。事実だ」

辛らつな言葉であるが、悪意はないように見える。

「見よ、あのエルフたちを。ひょろひょろガリガリ。まるで干し芋のようではないか」

エルフの戦士を指さす。

「たしかに筋力が不足していますね。革の鎧を着けていればまだいいほう。ほとんどが防具も着けていません。それに武器も」

「あの様子じゃ、戦力になるとは思えない」

忌憚《きたん》ない意見を言うルルルッカにエキュレートは抗議する。

「さっきから黙って聞いていれば言いたい放題言って！　エルフ族はドオル族と違って栄養を筋肉にばかり使ってないの。文化的で知的なことにカロリーを使ってるのよ」

エキュレートは眉をつり上げながら言う。

「それにエルフ族にもドオル族に負けない戦士はいるの。今回は連れてこなかったけど」

「なんで連れてこなかったのだ」

「そりゃあ、村を空にするわけにはいかないでしょ。それに軍師様がそうしろって言うから」

「レオン殿が？」

一同の視線が俺に集まる。

「ああ、俺がオーダーした。エルフ族の援軍は、戦士ではなく、精霊使いを集めてくれと指示したんだ」

「レオン様のことですから、なにか深慮遠謀があるのですよね？」

「そんなにだいそれたもんはないんだが、楽をして確実にオーガを駆逐できる戦法がある。それを実行するために彼らが必要なんだ」

そう言うとルルッカとエキュレートはうなずいてくれる。

「この期に及んであなたの知略は疑わないわ。天秤師団で軍師をしているんだし」

エキュレートはツン、と賛同してくれる。

「レオン殿の知略はこの目で見させてもらった。それに我が妻、クロエが信頼するというならば我も信頼すべきだ。家族は信頼しあわなければいけない」

「家族になれるかは別として、俺も君を信頼する。君の戦士としての腕前を、君の族長の娘としての気高い心を」

その言葉に「うむ」と、うなずくと改めて握手をする。しなやかだが、力強い握手だった。

このようにドオル族からもエルフ族からもある程度の信頼を勝ち取った俺はその戦略を披瀝《ひれき》する。

「このまま部隊をふたつに分け、オーガの巣に向かう」

「この数をさらにわけるのですか？」

シスレイア姫は怪訝な顔をする。

当然だ。

ここにいる戦士の数は一〇〇を超えるくらい。一騎当千の兵もいるが、多くはない。

その少ない兵を分けるのは悪手に思われた。

しかし、一見、悪手に思われる手も、視点を変えれば妙手になることもあるのである。

そのことを結果として見せるため、俺はエキュレートに指示を出す。

「君は引き連れてきたエルフの中から精霊魔法が得意なものを選抜して率いてくれ」

「村に戻る前もそのようなオーダーがあったわね」

「まあな」

「なにをするかは知らないけど、その調子だと遠大な作戦がありそうね。分かったわ、あたしはなにをすればいいの？」

俺はこっそりとエキュレートに耳打ちする。

こそばゆい顔をするエキュレート。エルフは耳が敏感らしい。なので普通に話す。

「――かくかくこういう作戦さ」

要は精霊使いを率いて、バナの森にある湖に行き、仕掛けをしてくれ、ということなのだが、彼女はその作戦を聞いたとき、きょとんとした。だがすぐに俺の作戦の意図に気がついたようだ。

「やるわね、レオン。そんな小賢し――あ、ごめんなさい」

「いいさ。実際に小賢しいからな。いや、悪どいって言ってもいいかも」

「敵にとってはね。その智謀《ちぼう》はまさしく脅威だわ。だけど味方にとっては逆かも。とても頼りがいがある軍師様」

「その言葉は勝ったときに改めて聞こうか」

「そうね。勝たないとなにも始まらない。逆に言えば勝てば始まるかもしれない。エルフ族にとってのなにかが」

「そうだな。少なくともなにかが変わるだろう。それが良い方向の変化であるように祈るよ」

と言うと俺はエキュレートとも握手をした。

「『湖上』で待っているわ。レオン」

「すぐに再会できると思う」

「ちなみに昔、いい感じになりかけた男の子はその台詞を吐いたあと、再会に一七〇年掛かった」

君はいくつなんだ、と言いかけてやめる。エルフ族は大変、長寿な生き物なのだ。見た目に惑わされてはいけない。それにエルフとはいえ、女性に歳《とし》を尋ねるのは失礼な行為に当たると思ったからだ。

彼女はそれを察したのか、「紳士ね。くすくす」と笑うとそのまま精霊使いのエルフを率いて出立をした。

その後ろ姿を見送ると、ドオル族の編制に移る。

ドオル族は一騎当千の猛者であるが、村に残されているものは老兵と少年兵が主だった。

彼らは経験豊富か、あるいは経験が皆無かの極端な兵である。通常の運用法では十全に力を発揮できないだろう。

ここは軍師としての出番であった。

†

エルフ族の戦士とドオル族の老兵と新兵を統率する。

組織するとき、各自の名前と年齢を聞くが、平均年齢は六〇を超える。

エルフ族の戦士が格段に引き上げているわけであるが、ドオル族の戦士もなかなかに年かさだった。

「ドオル族は戦闘民族でございます。戦闘に適した肉体を維持するため、若い状態が長いのです。つまり初老に見える人はよぼよぼのおじいさんにあたります」

とはクロエの説明であるが、ということはクロエも見た目より歳上なのだろうか。

尋ねると、

「秘密でございます！」

と人差し指を自分の唇に当てる。

とても可愛らしいが、見とれている暇はない。

とりあえず新兵と老兵を交互にならべ、互いに補い合うように配置する。新兵は体力が余っているので兵糧などを多めに持たせる。その代わり老兵は新兵の面倒を見る。

そのように指導するが、同じ種族同士ではそれが通用したが、やはりエルフとドオル族の相性は悪かった。

ことあるごとに喧嘩《けんか》をしてしまうのだ。

まずはエルフ族から肉ばかり食べるドオル族にクレームがくる。

肉は消化に悪い。臭う。肉ばかり食べるから体臭がする。粗暴になる、などだ。

たしかに肉食は臭うが、言いがかりに近いような気もする。と思っているとドオル族も言いがかりをつけてくる。

キノコばっかり食べやがって。きどっている。キノコは量がかさむ。カロリーがない、などだ。

どっちもどっちだな、と思いながらも解決策を考えていると、クロエが知恵を授けてくれる。

「ここはキノコ料理と肉料理をコラボさせたらいかがでしょうか」

「胃袋から摑むってわけか」

「左様でございます」

「エキュレートも肉の味自体は好きだった。ということは肉で出汁を取り、キノコをメインに鍋でも作れば気に入ってくれるかもしれない」

ただそれには――

「優秀な調理人の力が必要だ」

と言うとクロエはにこりと微笑む。

「自慢ではないですが、私は料理大好きっ子です。おひいさまの館でも料理番をしており、大量に料理を作るのも得意です」

ちなみに、と続ける。

「おひいさまの料理スキルもなかなかのものです。私が鍛えました」

その言葉にシスレイアは呼応する。

「はい。クロエにはとても厳しく鍛えられました。宗教的・体質的に肉食がＮＧなお客様がきたときは、魚料理を。肉を一切使わずにフルコースを作ったり、美味しいだしを取る方法も知っています」

「さぞ良いお嫁さんになるでしょう。どうですか、レオン様、ここはひとつおひいさまで」

「一家に一台、お姫様と冷蔵庫、という感じもするが、今は結婚よりもエルフ族とドオル族を融和する料理をお願いしたい」

と言うとシスレイアとクロエはにこりとうなずく。

「承りましたわ、レオン様」

その笑顔は花のように可憐であった。


その後、シスレイアとレオンはふたりでレシピを考案し、ドオル族とエルフ族が同時に満足するメニューを開発する。

行軍中、それを輜重《しちょう》隊に伝授すると、皆に振る舞う。

彼女たちの考案したキノコ鍋はまたたく間に兵士を魅了する。

ふだん、おかわりをしない兵士がおかわりをし、鍋のそこに残った汁でリゾットを作ってくれと懇願するものも出てくる有様。

大成功である。

「しかし、美味しいご飯を食べただけでこんな効果が出るのは不思議です」

不思議そうに首をひねるクロエ。

俺は説明をする。

「同じ釜の飯を食った仲、という言葉もある。言葉や文化が違っても同じ飯、同じ酒を飲めばわかり合えることも多い」

と言うと俺は新兵に酒樽《さかだる》を持ってこさせる。

「エルフ族にお酒を振る舞うのですか？」

「ドオル族は強い酒を好む。一方、エルフ族はあまり飲まないと聞く。しかし、エルフ族とて酒が飲めないわけではなかろう」

と俺はドオル族の蒸留酒を水で割るように指示する。そしてそれにレモンの搾り汁を入れるように。

「なんかジュースみたいですね」

「そうだな。カクテル、あるいはサワーというらしい」

ここことは違う世界では、このような酒が女性や酒が強くないものに人気なのだ。

酒を飲み慣れないエルフ族には最適な酒だった。

カクテル美味い、と、どんどん酒を飲み、頬を朱色に染め上げている。

すると我が一族の酒を気に入ってくれた、とドオル族も気をよくし、一緒に酒を酌み交わすようになる。

互いに肩を組んで歌う――という状況にはさすがにならないが、それでも互いに一目置き合うようになる。

少なくとも戦闘中、互いに足を引っ張るようなこともないだろう。

そう思った俺は安心してエルフ族とドオル族とを混合して編制した。

「さすがはレオン様です。もう彼らの心を摑みました」

「まだ完全に摑み切れてはいないが、少なくとも反乱は起こされないかな」

そう言うと改めて彼らを見る。

皆、いい面構えをしていた。

「さすがは歴戦の傭兵種族ドオル族と、森の守り手のエルフ族だ。皆、いい面構えをしている」

彼らを頼もしく思いながら、行軍ルートを定める。

地図を指さしながら言う。

「斥候の報告、オーガの被害状況、それらを鑑みるにオーガの巣はこの岩穴にあると思われる」

「恐らくはその通りでしょう」

シスレイアも同意してくれる。

「この地点まではエルフの案内ですんなりいけると思う。問題なのはどうやって巣穴からやつらを誘《おび》き出すか、だ」

「巣穴は暗くて狭いですからね。それに敵地ですから地の利は向こうにあります」

「そういうことだ。最終的には彼らを誘き出し、エキュレートが待ち構えている湖上に誘い出したい」

「レオン様ならば簡単に叶《かな》いましょう」

「まあ、無策にはいかないよ」

そう言うとシスレイアはにこり、と微笑むが、少しだけ心配そうな顔をする。

「どうした？　姫様、やはり心配なのか？」

「まさか、レオン様には全幅の信頼をおいています。――気になるのはレオン様ではなく、クロエのほうでして」

「クロエ?」

「はい。浮かない顔をしています」

「そうか?　いつも通りに見えるが……」

テキパキと働き、兵士の食事を作っているメイドさんの様子を見る。変わったところはない。むしろ生き生きしているように見える。

しかしお姫様にはいつもとは違って見えるようだ。長年、一緒に暮らしてきたものだけに分かる変化があるのだろう。

俺は自分の鈍感なところ、女心の分からなさを知り尽くしていたので全面的にシスレイアを信用する。

行軍しながらクロエにそれとなく憂鬱な理由を聞きだすことにした。

†

粛々と行軍をするエルフ族とドオル族。

先頭はこの森に詳しいエルフ族が務めている。

険しい道などを通るとき、ドオル族はナタで小枝を薙《な》ぎ払う。

それを見て木々を愛するエルフ族たちはむかっときたようだが、特に文句は言わなかった。

植物を操り、小枝を避けられるのはエルフ族の特権、それができない種族は茂みをナタで切り開くしかない、というのは分かっているのだろう。

なので喧嘩《けんか》になることはなかった。

「これもすべてレオン様のおかげですね」

シスレイアは微笑《ほほえ》むが、それよりも問題なのは無表情に行軍しているクロエだ。

彼女は先ほどからぶすっとしながら求婚をはね除《の》けている。

自称婚約者のルルルッカを無視しながら行軍していた。

最初、よほど求婚がウザいのかと思ったが違うようだ。シスレイアが言うとおり、なにかあるのだろう。

そう思った俺はルルルッカが去ったあとに、なにげなくクロエの横に並ぶ。

「…………」

「…………」

両者、最初は無言であったが、沈黙がいたたまれなくなった俺は、クロエのメイド服の一部分を褒める。

「……頭に付けているそれ、似合うな」

「ホワイトブリムですね……ありがとうございます……」

「…………」

「…………」

それで会話が続くことはなかった。だが、クロエという少女は大人なのだろう。

「……っぷ」

と噴き出した後に、俺の意図を理解してくれたようだ。

「一〇〇〇〇の兵の前でも臆することがない軍師レオン様が、小娘である私に臆しています」

「……臆してはいないが、君が少し元気がないと聞いて」

「おひいさまですね。勘が鋭い」

「なにかあったのか？　体調不良か？」

「女は月に一度、元気がなくなります」

「……前に俺が言って怒られた記憶があるのだが」

「女は堂々と言っていいのです。ま、嘘《うそ》なのですが」

「嘘なのか」

「はい」

「では先ほどから求婚をしてくるルルッカがうざいのかな？」

ちらりと後方を見ると、いまだ闘志に燃えるルルッカが見える。俺の話が終わったら、再び求婚をするようだ。道すがら咲く野花を摘んでいる。

――毒草も摘んでいるのは、彼女が戦士として育てられた証拠だろう。花ならば全部同じだと思っているのだ。

まあ、俺も同じようなものだが、さすがに毒草と普通の花の区別は付く。

俺の視線に気が付いたクロエはくすくすと笑う。

「ルル様は本当に面白いお方です。もしも結婚をすれば退屈とは無縁でしょう」

「ならばしてやればいいじゃないか」

「それではレオン様もしてあげてください」

「それは厭《いや》だな」

「なぜですか？」

「俺には成すべきことがある」

「私もです。まずはおひいさまの幸せの道筋を付けなければ結婚などする気にはなれません」

「なるほど。しかし、結婚はともかく、心にある憂いを取り除くのは今でもできるんじゃないか？」

「……どういう意味ですか？」

「いや、なにか悩み事があるから元気がないのだろう。この森にきてから憂鬱そうだとお姫様は言っていた」

「……おひいさまに隠し事はできませんね」

「女同士、ましてやともに髪を結いあった友にはな」

「ならば正直に話すしかないでしょう」

と言うと後方にいるルルッカを見つめる。

「彼女が関係するのか」

「そういうわけではないのですが」

「だが彼女には聞かれたくないことか」

「はい」

「では少し離れるか」

と言うと後方に下がり、密《ひそ》やかに彼女の話に耳を傾けた。

ふたりきりになるとクロエは独白するかのように口を開く。

「……実は私には兄がおりまして」

「まじか」

「……意外でしょうか？」

「ちょっと意外だけど、よくよく考えればクロエも木の股から生まれてきたわけじゃない。親もいれば兄弟もいるだろうな」

「はい、その通りです。レオン様にもご兄弟はいらっしゃるのですよね？」

「姉がひとりね」

「ご健在ですか？」

「…………」

言いよどむ俺の姿を見て察してくれたのだろう。それ以上はなにも言わない。俺としても今は自分の家族について話すときではないと思ったので続ける。

「その兄が君の憂いであるのだな」

そう言うと彼女はこくりとうなずいた。

†

クロエの告白により兄がいると判明した。

最初は意外だと思ったが、俺はもちろん、シスレイアにも兄弟はいる。ルルルッカにだってヴィクトールにだってナインにだっている。

　この世界では兄弟がいないほうが珍しいのだ。

「それでその兄が憂いの原因だと言っていたが、どんな兄貴なんだ？」

「とても優しい兄上です。小動物を愛し、いつも本を読んでいるような」

「少し俺とキャラがかぶるな」

「左様でございますね。レオン様をワイルドにしたような感じです」

「なるほど、あまりクロエに似ていないのな」

「そうですね。私は母似、兄は父似でございます」

「さぞ美しい母上なのだろうな」

　と言うとクロエはありがとうございます、と微笑んだ。

「兄妹仲はどうなんだ？」

「兄はとても好《い》い人です。家族を愛し、私にも優しくしてくれました。私に武術の基本を教えてくれたのは兄にございます」

　と武術の型を取る。

「ならばその兄妹になにがあったんだ？」

「……直接なにかがあったわけではありません。むしろ私は今でも兄上を敬愛している。いえ、心配しています」

実は、とクロエは続ける。

「――兄上は不名誉烙印《らくいん》を押されたのです」

「不名誉烙印？」

「はい」

「それはなんなんだ？」


「説明しよう」


とうっ！　と現れたのは、先ほど距離を取ったはずのルルルッカだった。

「不名誉烙印とはドオル族の戦士の儀式に失敗をしたものにほどこされる烙印だ」

「聞いていたのか」

「こそこそしていたので立ち聞きさせてもらった」

「それはともかく、どういうことなんだ？　その戦士の儀式ってなんなんだ？」

「簡単に言えば戦士の勇気を試す儀式だ。毎回、微妙に変わる。我のときは短剣一本でゴブリンの巣にあるお宝を奪還する、だったかな」

「そいつは大変だ」

クロエも同意する。

「私のときは両足に鎖と鉄球をはめ、湖に突き落とされる、です」

「……ドオル族って鬼なのか？」

「鬼の末裔《まつえい》と呼ばれています」

「クロエとルルルッカはその試練に打ち勝ったんだよな？」

「はい」

「うむ」

「しかし、クロエの兄は打ち勝てなかった」

「正確にはクロエの兄は途中で棄権をしたのだ」

「棄権？」

「そうだ。クロエの兄、ボークスは戦士の試験の最中に忽然《こつぜん》と消えた。蒼《あお》き牝鹿《めじか》を捕らえる試練を放棄し、この森を出ていったのだ。以来、ボークスの名は臆病者の代名詞となり、クロエの一族は後ろ指を指されるようになった」

「……そんな過去が」

「しかしクロエは数年後、自分が戦士の中の戦士であることを証明したぞ」

「まあ、私も森から出奔しましたが」

「もしかして兄のことが原因なのか？」

「……それもひとつの理由にございます」

「兄が不名誉烙印の保持者ってことで居づらかったんだな」

「はい。ですが、それ以上に森の外を知りたかった。この森の外にどんな世界が広がっているか、知りたかったんです」

「なるほど。さらに森を出た兄も捜したかった」

「……はい」

「その様子では見つかっていないんだな」

「……手がかりすら摑《つか》めていません」

「それでこの森に戻ってきてアンニュイになっていた、というわけだな」

「はい」

「俺はてっきりルルルッカの猛烈なモーションに嫌気が差していたのかと思った」

ルルルッカを軽く見ると彼女は頬袋を膨らませる。

「婿殿、言っていいことと悪いことがあるぞ」

その可愛《かわい》い仕草に「ははは」と笑うとクロエも冗談に呼応する。

「さすがは軍師レオン様です。すべてを見透かしていらっしゃいましたか」

その言葉にルルルッカの眉は下がる。

「な、なんだと、ク、クロエ、そう思っていたのか？」

あまりにも真剣な問いにクロエと俺は笑ってしまいそうになるが、クロエの目は笑っていないことに気が付く。

やはり彼女はこの森に戻ってきて感傷的になっているようだ。

（……時間が解決してくれるか？）

そう思ったがそれも難しいだろう。クロエが森を出てから十数年、時間はたっぷりとあった。

きっとクロエにとって兄は特別で、かけがえのない存在だったのだろう。

そんな兄が戦士として不名誉の烙印を押され、森を出たのだ。

彼の名誉を取り戻すか、直接会うまでは心晴れることはなさそうだ。

（……つまり俺はなにもできないということか）

自分の無力さを感じるが、心の声のあとには（——現時点では）と続く。

現時点では彼女の役に立つことはできない。

彼女の心の澱《おり》を取ってあげることはできない。

しかしそれは未来永劫《みらいえいごう》ではない。

この遠征が終わり、時間ができたら、軍の情報部を動かし、彼女の兄を捜そうと思った。

自分でもできる限り時間を作り、クロエの兄の情報を集めようと思った。

そんなふうに考えると、クロエが微笑んでいることに気が付く。

なにがそんなにおかしいのだろう？

彼女に直接尋ねると、彼女は思わぬことを口にする。

「……レオン様はとても優しいお方でございます」

俺に言い訳も二の句も継げさせないメイド服の少女。

「レオン様は今、私を憐れんでくれています。同情してくれています」

彼女は、しかし、と続ける。

「たいていの人は同情してくれます。憐れんでくれます。共感まではしてくれますが、そこまでです。行動してくれる人、一緒に悩んでくれる人は稀《まれ》です」

「…………」

しばし沈黙すると自分の感情を言葉で素直に伝える。

「当たり前じゃないか。君とは付き合いも長い。今後も俺の善き友人でいてくれるんだろう？」

「……善き友人」

クロエはそうつぶやくと遠方にいるシスレイアを確認する。

ふと寂しそうにこう漏らす。

「……おひいさまがいる限り、善き友人以上の関係にはなれなそうですね」

その声はギリギリ可聴範囲外だったので俺の耳には届かなかった。

†

クロエの事情を聞いた俺だが、そのことはシスレイアには話さなかった。

彼女の個人的な事情でもあるし、話したところで解決できるような問題ではなかったからだ。なので何事もなかったかのようにエルフ族とドオル族の混成部隊を行軍させると、オーガの巣穴に到着した。

「これがオーガの巣穴……」

シスレイアはぽつりと漏らす。

物珍しげに見つめるが、確かに王都に住んでいればオーガの巣穴など、一生目にする機会などないだろう。かくいう俺も実物は初めて見る。

実物を見た感想であるが、書物の中で描かれている挿絵と大差がない。それにゴブリンやオークの巣穴と似ている、というのが率直なところであった。

要は自然の洞穴にただ住んでいるだけなのだ。

入り口に怪しげな飾りを飾ったり、なにかしらの動物の皮を敷いていたりするだけだった。

ただ、オーガには掃除という概念がないようで、入り口付近は散らかり放題だが。

「……人骨のようなものが転がっているのは気のせいでしょうか」

「気のせいじゃないかと。オーガは食人の風習がある。——もっとも人間の肉は不味《まず》いらしいから、好んでは食べないそうだが」

「その代わりエルフ族が被害に遭っているのかもな。草食の個体は美味《うま》い」

際どい冗談を言うルルッカ。もしもエルフ族のエキュレートが聞いていればさぞ気分を害していたであろうが、幸いなことに彼女はここにはいない。

ただ、数刻後には合流したいところである。

「というわけでオーガを巣穴から出したい。なにかいい方法はないか？」

ドオル族とエルフ族の戦士たちに尋ねる。

彼らのひとりが挙手をする。

「ノロシの木を使うのはいかがでしょうか？」

「ノロシの木？」

「バナの森に自生する木です。その名の通り狼煙《のろし》の代わりに使っています。一本で天高くまで煙が伸びるので、森の端と端にいても確認することができます」

「相当、もくもくと煙を出すのですね」

シスレイアは言う。

「なるほどな。それを使ってやつらをいぶし出すのか。……いい作戦だな」

即採用、と告げる。

進言したエルフ族は嬉《うれ》しそうに相好を崩す。

その様を見ていてシスレイアは言う。

「さすがはレオン様です。部下の直言を聞き入れ、即作戦に取り入れるとは」

「自分ひとりではなにもできないよ。ノロシの木の知識があったとしても、このバナの森のどこに生えているか知らない。絶対に彼らの力が必要だ」

散開し、ノロシの木を探しに出るエルフ族たちの後ろ姿を見つめる。

皆、俊敏な動きだ。

次にドオル族の兵士を見つめるが、彼らもなにもしないわけではない。数刻後、エルフ族が見つけたノロシの木を伐採し、ここに運ぶのが彼らの役目だ。

彼らは木こりや人足としての腕もピカイチなのである。

「適材適所、適材適所」

うむうむ、と、うなずくルルルッカ。

忙《せわ》しなく働く部下たちの手伝いをしたいようだが、我々にはやることがあった。

「ノロシの木でいぶし出すのはいいが、問題なのはどうやってノロシの木を中に放り込むか、だな」

「そうだな。できるだけ深いところで火を着けたい。入り口では効果が薄いだろう」

「となると侵入することになるが、部下たちを危険な目に遭わせたくない」

「狭く暗い場所での戦闘になるし、オーガは手強《てごわ》いです、犠牲はさけられないかと」

「となれば少数精鋭でオーガの巣に潜入し、ノロシを焚《た》いてくるのが一番効率的かな」

「効率的ですが、誰がそのような危険な任務を――」

そう言い掛けて口をつぐむのはシスレイア姫。

俺が柔軟体操をしているのに呆《あき》れたのだろう。

「わたくしの記憶が確かならば、レオン様は宮廷魔術師で軍師だったはずですが」

「宮廷魔術師で軍師がオーガの巣穴に入ってはいけない、なんて法律はない」

「しかし天秤《てんびん》師団の核ともいえるあなた様が危険に身を晒すのはどうかと」

「部下を死地に立たせて、のうのうとしていられるほど肝が据わってはいない」

と言うと俺は杖《つえ》の手入れを始める。

シスレイアは呆れたものの、俺の性格を承知しているのだろう。

結局はその作戦を許してくれる。

しかもわたくしも付いていきます、などという子供のようなことは言わなかった。

「わたくしはわたくしの実力をよく分かっています。オーガの巣穴に行っても役に立つどころか、足を引っ張るでしょう」

こういうところは姫様らしい。姫様の己を知っているところ、謙虚なところ、頭がいいところはまさしく彼女の才能であり、財産であった。

というわけで彼女には留守役を任じる。

「承りました」

と微笑むが、留守役とて簡単なものではない。

残ったエルフ族とドオル族とを衝突させず、その場にじっと留《とど》まるだけでもかなりの指揮力が要求される。――が、姫様はこう見えて歴戦の指揮官。そこまで心配はしていなかった。

俺が心配しているのは、あのオーガの巣穴に一緒に飛び込んでくれる勇士探しである。

ドオル族の娘、ルルルッカはやる気満々であるが、彼女だけでは血路は切り開けない。もうひとり、手練《てだ》れの戦士がほしいところであるが。

そんなことを思っているとクロエが自分の武器である懐中時計の手入れをしていることに気が付く。

「はあ」と息を掛け、布でふきふきしている。

「……もしかして、クロエもオーガの巣穴にきてくれるのか？」

彼女は即答する。

「はい」

「しかし、君はおひいさまのメイドだろう？」

「たしかにそうです。本来ならばおひいさまの影となり、あの方の身を守りたいです」

「……ならば残って」

「しかし、同時にレオン様の安否も気がかりです。レオン様は最強の宮廷魔術師でもありますが、接近戦、それも狭い場所の戦闘では十全に力を発揮できますまい」

「その通りだが……」

と言うとクロエはにこりと笑いながらジョークを言う。

「それに今、ルル様とふたりっきりにするのは危険かと。ふたりで暗がりに入ったら、『三人』でもどってきてしまうかもしれません」

「それは困るな」

苦笑を浮かべながら同意する。

「ならばやはり君が必要だ。君の戦士としての力が。懐中時計の力が」

「この力、存分にお使いくださいませ」

スカートの端を摑んで貴婦人のように挨拶をするクロエ。

なかなかに可憐《かれん》だった。

†

血路を切りひらく三人の戦士は決まった。

族長の娘ルルルッカ、メイド戦士クロエ、そして宮廷魔術師の俺。

端から見るときれいどころのお嬢さんふたりと、青びょうたんの魔術師という凸凹コンビと見えるが、その実力はこの森でも屈指である。

ルルルッカとは一度手合わせしたが、白兵戦ならば俺をも超える技量を持っている。

クロエとは戦ったことはないが、あの馬鹿力はオーガとて凌駕《りょうが》するだろう。

だから血路を切りひらく役目はなにも心配していない。

問題なのはノロシの木を運ぶ連中である。

ドオル族の人足にさせる予定であるが、彼らは武器も持たずにオーガの巣穴に飛び込まなければいけない。

無論、俺たちが必ず守ってやるが、とても勇気がいる行為だろう。

しかし、ドオル族に臆病者はいない。

我こそはその大任を果たす！

と多くの者が挙手をしてくれた。

その姿を見てエルフ族のものは驚嘆し、感動している。

かくいう俺もだ。

「これがこの世界で一番の傭兵《ようへい》部族と称される一族か」

かつてこの大陸のとある王が窮地に立っていた。隣国の大国に攻められていたのである。

そこで王は宮殿にあるすべての財宝を手放し、ドオル族の戦士を一〇〇名ほど雇った。

最強の傭兵たちならばこの窮地を救ってくれると思ったのだが、集まった一〇〇人を見てとある大臣が言った。

「たかが一〇〇人の傭兵になにができるか」と。

その言葉を聞いたドオル族の戦士は笑いながら言った。

「大臣、お前は我々が寡兵だと侮るが、お前の国に兵士は何人いるのだ？」

「我が国の兵士は二〇〇〇はくだらない」

「そうか。しかし、そのものたちは本当に戦士か？」

「なにを!?」

侮辱されたと思った大臣は一歩前に出るが、ドオル族の戦士は悠然と続ける。

その場にいた兵士を指さし、彼に尋ねた。

「お前は立派な槍《やり》を持っているが、普段、なにをしている？」

「……普段？　徴兵される前の仕事ですか？」

「そうだ」

「パン職人をしていました」

その答えに「うむ」と、うなずくドオル族の戦士。

「それではお前はなにをしていた？」

別の兵士に尋ねる。

「宿屋のせがれでした。毎日ベッドメイクを」

「ほう」とあごひげを触るドオル族の戦士。

「最後にそこのもの、お前はなにをしていた？」

「僕は農夫です。畑を耕していました」

「なるほどな、つまり、ここにはひとりも『戦士』はいないということだな」

「…………」

「我々、ドオル族の男は皆、戦士だ。幼き頃から鍛錬に明け暮れ、戦場を駆け巡った。一〇〇人全員が誇り高い戦士なのだ。貴殿らを愚弄する気はないが、パン職人が二〇〇〇人集まろうと『戦士』とは呼べない」

ドオル族の戦士はそう断言すると、それを行動としても示した。

彼らはたったの一〇〇人で大国の大軍を相手にすると宣言する。

その後彼らはその言葉を有言実行し、襲いかかる大軍一〇〇〇〇兵を切り裂き、戦局を一変させるのだが、詳細は省く。

つまりドオル族はとても勇敢であると分かってもらえればいい。

その逸話、そして今現在の行動を見て、改めてドオル族の勇猛果敢さを知った俺は、彼らの勇気を前提に作戦を立てる。

一方、エルフ族の力も軽視はしない。

彼らにも策を与える。

彼らには森にある落ち葉を集め、余ったノロシの木を俺の言うとおりの場所に配置してもらう。

「オーガをいぶり出したあとの処置ですね」

勘のいいシスレイアは口にするが、詳細まで尋ねてこない。

俺の知謀を心の底から信頼してくれているようだ。

黙々と残ったエルフ族とドオル族の兵士を率い、地味な作業をしてくれる。

その姿を見送ると、俺は杖を出す。

そこにルルルッカの曲刀、それにクロエの懐中時計が加わる。

改めて心を高ぶらせ、オーガの巣穴に侵入する決意を固めたのだ。

三人の心がひとつになったと確認したとき、俺は《音》の魔法を洞窟の入り口周辺に掛ける。

そこにはオーガの見張りが二匹いた。

怪しげな音を聞いた彼らはそこに近寄る。

すると待ち構えていたクロエとルルルッカが彼らの後方から忍び寄る。

クロエは魔法の鎖によってオーガを締め上げ、ルルルッカは短剣によってオーガの首を切り裂く。

音もなく見張りを殺すとふたりはあうんの呼吸でオーガを茂みにやる。ドオル族が死体を隠してくれる。

そのまま流れるように行動しながら洞窟に入る。

洞窟の入り口は思ったよりも広かったが、中は不気味だった。

まるで地獄の窯の底にでも通じているかのような陰気さを感じた。

俺たちは雰囲気に呑《の》まれぬように留意しながら、風のような速度で洞窟を潜った。

洞窟を潜ると、さっそく、オーガの群れと出会う。

正面衝突であったので、今さら隠れて回避することもできない。

それに後方からはノロシの木を持ったドオル族がやってきている。もはや戦闘は不可避であった。

俺は開幕一番に《魔力の矢》を放つ。

まっすぐに解き放たれたエナジーボルトは、緑色のオーガの右目に当たる。

のたうち回るオーガ。黄色いオーガが介抱しようとするが、クロエは有無を言わさず攻撃をする。

懐中時計に魔力を込め、それを力一杯振り回す。

まるで巨大なフレイルのような一撃、それを側頭部にまともに受けた黄色いオーガの眼球が飛び出す。脳漿《のうしょう》がぶちまけられる。

「さすがはクロエ。怪物に『も』容赦はない」

ルルルッカは感心するが、それは彼女も同様だった。

きょとんと立ち尽くしている青いオーガに剣閃《けんせん》を加える。

喉、
腹、
太もも。

人型の生物の急所になんの躊躇《ちゅうちょ》もなく横なぎの一閃を加えていく。

飛び散るオーガの血液。緑色の血が洞窟を染める。

あっという間にオーガの集団は駆逐される。

その姿を見て思う。

（……俺は最強の娘ふたりを矛としているのかもしれない）

と。

それは軍師としてとても有り難いことであるが、油断はしなかった。

ここにいるオーガはごくわずかであったし、先日、対峙《たいじ》したボス格のオーガは見られない。

それに彼らは奇襲を受けたからこのように大人しく殺されたに過ぎない。

誰も剣や棍棒《こんぼう》を取っていないのだ。

彼らの反撃、魔物としての恐ろしさはこれから存分に味わうことになるだろう。

しかし、クロエもルルルッカも不思議と落ち着いていた。

いや、むしろ強敵と出会えるとわくわくしている節すらある。

これは度しがたい性《さが》だな、と思ったが、彼らを笑うことはできない。

なぜならば俺も心の奥底ではわくわくと胸を弾ませていたからだ。

「……まったく、これでは軍師失格だな」

そんな台詞《せりふ》を漏らすと、二撃目の矢の照準を合わせ始めた。

†

オーガの第一陣を倒すと、想像通り、第二陣がやってきた。

彼らは手に武器を持っている。

「オーガたちがやってきたようだな」

ふん、と鼻を鳴らすルルッカ。

「やっていらっしゃった、と言うべきかもしれないぞ。ハイ・オーガがいる」

「……たしかに強そうなのが一匹いる」

明らかに普通のオーガとは違う個体がいた。

筋骨隆々、角もやたらと立派だ。

「ハイ・オーガが敵の指揮官。倒しておきたいところだが……」

「そんな時間はないか」

「ああ、さすがにやつは一撃というわけにはいかない。――というわけで目をつむってくれないか？　君たち」

「こんなところで誓いの口づけをするのか？　嫌いではないが……」

本当に目をつむり、むちゅうっと唇を突き出すルルルッカ。

誤解であるし、そんな場合ではないので、げんこつをぐりぐりとする。

「痛い」

「そりゃあ痛くやってるからな」

「我は亭主関白な男は好きだが、暴力は嫌いだ」

「役に立つとは思えないが、覚えておこう。まあ、ともかく、俺を信じて目を閉じてくれ」

そう言うとルルルッカはもちろん、クロエも目をつむる。

クロエにまで戯《おど》けられたら困ったところだった。

有り難く彼女たちの連携に報いる。

俺は彼女たちが目をつむり、オーガが怒りで目をひんむいているのを確認すると、簡易魔法を紡ぐ。

《閃光》

閃光の魔法は魔術学院で初めに学ぶ初歩的な魔法。

光を放つ魔法。

これを持続して放てば《照明》となるが、この初級魔法はとかく軽視される。

一瞬だけまぶしくしてもなににもならない。敵を倒すことはできない、と雑魚魔術師から軽視されている。

しかし、分かっている魔術師、本当の賢者はこの魔法の威力を知っていた。

俺の師匠筋は、

「魔王すら足止めできる最強の初級魔法」


と言っていた。

たしかに同じ初級魔法でも、火を着ける《着火》やぷかぷかと浮かぶ《浮遊》では魔王を止めることはできない。しかし、《閃光》の出力をアップさせれば、魔王の目を眩《くら》ませることができるのだ。

俺ほどの魔力の出力があれば、その光はちょっとした太陽だった。

オーガ程度の視力、余裕で奪うことができた。

俺の放った魔法によって、悶《もだ》え狂うオーガたち、目を覆う悪鬼たち。

敵はまともに光を受けたようだ。

気持ちいいほどのくらいようだったが、その光景を眺めている暇はなかった。

閃光を免れたオーガが数匹いたのだ。

彼らを引き受ける役目が必要だった。

そう思った瞬間、ルルルッカは曲刀を振り回しながら言う。

「我が名はルルルッカ！　ドオル族の族長ウルマイットが娘！　ドオル族最強の戦士！」

と宣言するとオーガを一匹斬り伏せ、ハイ・オーガに剣戟《けんげき》を加えていた。

曲刀と棍棒がつばぜり合いする中、俺はノロシの木を持つ部下を通し、クロエとふたり先に進んだ。

「ルルルッカ様をひとり置いていくのですか？」

そんな質問をするものはひとりもいない。

この場にいるもの、皆が戦士である証拠だった。

ここで彼女を気遣ったり、時間を浪費すれば、それこそ彼女の決意が無駄になることを知っていたのだ。

ルルルッカも心得たもので、

「我に任せて先に行け!!」

などと舞台俳優のような臭い台詞はいわず、黙々と剣を振るっていた。

ただ、最後にちらりと彼女の顔を見ると、わずかに白い歯を見せる。

その不敵な笑みで不安を払拭した俺は、心置きなく彼女を残し、走り去った。

オーガの巣を疾走する魔術師風の男とメイドの少女。

珍妙な取り合わせだが、やってくるオーガを次々と駆逐する。

道中、俺は見慣れた『印』に目を奪われる。

「どうかされましたか？　レオン様」

オーガの脳漿にまみれた懐中時計を拭うと、クロエが尋ねてきた。

彼女には正直に話す。

「……いや、オーガの巣穴にそぐわないものがあってな」

「とおっしゃいますと？」

「……終焉《しゅうえん》教団の印がたくさんある」

「終焉教団!?」

彼女が驚愕《きょうがく》するのも無理はない。

終焉教団とはこの世界の終焉を願う邪教徒。

彼女の愛するおひいさまも邪教徒たちの妨害に遭ったり、殺されそうになったこともある。

つまり彼らはお姫様の、いや、この国の不倶戴天《ふぐたいてん》の敵であった。

「ここは終焉教団のアジトでもあるのでしょうか？」

「もしかしたらそうかもしれない。――厄介だな。ただの凶暴なオーガだと思っていたら、邪教徒の尖兵《せんぺい》だったとは」

「ドオル族とエルフ族とを仲違《なかたが》いさせたかったのでしょうか」

「おそらくは。そしてたぶん、自分たちの眷属《けんぞく》にし、エルニアで反乱でも起こさせたかったのだろう」

「邪教徒の考えそうなことです。しかし、その野望も軍師レオン様によって阻まれます」

「そうなればいいが、そうなったらなったで、やつらの恨みを買うな。本格的に俺を暗殺しにきそうだ」

「ならば見過ごしますか」

「まさか。姫様の内憂外患は取り除くのが俺の役目だ」

「素晴らしい軍師様でございます」

「さらに言えば終焉教団は自分たちの教義に反する思想や勢力を許さないだろう」

「でしょうね」

「となればやつらが権力を握れば、言論の弾圧、思想の制限が行われるだろう。そうなれば確実に焚書《ふんしょ》もするだろうな」

「焚書とは書物を燃やす行為ですね」

「そうだ。人間が行う悪徳の中でも最上位の悪が焚書だ。先人の教えを、人類の歴史を消し去る最悪の愚行」

かつて焚書坑儒《こうじゅ》を行ったという王の名を思い出す。

皆、悲劇的な最期を迎えている。

本を燃やしたものは必ず報いを受けるのだ。

たとえば東方の「スィン」という国。そこで史上初の「帝国」を築き上げた皇帝は焚書坑儒と呼ばれる悪行を行った。

書物を燃やし、先人の教えを弾圧したのだ。

するとどうだろうか。史上最強の覇者と呼ばれたその皇帝の次の時代には、その国は滅びていた。

――知識をないがしろにしたからだ、と俺は思っている。

他にも異世界と呼ばれる世界、そこでとある独裁者が焚書を行った。彼の思想に反する書物、彼の憎悪する民族に関連する書物をすべて燃やしたのだ。

当然であるが、彼も滅んだ。自身が燃やした本と同じように自身も燃やされたのだ。

因果応報――という言葉が頭に浮かぶ。

そのように思考していると、クロエがまとめてくれる。

「つまり終焉教団は許せないし、オーガどもに手加減は不要ということですね？」

「正解」

と言うとクロエはにこりと微笑み、勢いよく懐中時計を投げる。

くるくると回る懐中時計は、複数のオーガを巻き付ける。

彼女は一瞬で彼らの懐に入り込むと、そのまま怪力でオーガを締め上げる。

懐中時計は「斬」属性の魔力も付与されているのだろう。クロエの怪力と合わさった魔力は一瞬で敵の胴体を二分する。

その光景を見ていて戦慄する。

(彼女が味方でよかった)

心の底からそう思うと、この場を彼女に託す。

クロエもまたルルルッカと同じように、味方を先に行かせる道を考えていることは明白だったからだ。

ルルルッカと同じ志を持つクロエに改めて尊敬の眼差《まなざ》しを向けると、彼女の心意気に報いる。

つまり彼女をひとり残し、ノロシの木を持つドオル族を先に行かせるのだ。

ドオル族の戦士たちもわきまえているようで、クロエに気を取られることなく、地下を進む。

ただ、すれ違う際、ひとりの男が言う。

「お前の兄はドオル族の試練から逃げ出した卑怯《ひきよう》ものだが、お前は勇気に満ちている。もはや誰もお前のことを非難するものはいないだろう」

その言葉は素直に称賛を込めたものであったが、兄のことに触れられ、ピクリと肩を震わせるクロエ。やはり思うところがあるのだろう。

しかしそれを表情にも戦闘にも出さず、ただ悪鬼を殺す機械《マシーン》と化すクロエ。さすがはドオル族の戦士である、と思いながら俺も洞窟の奥に進むと、魔力を解放する。

ルルルッカ、クロエ、とくれば次は俺の番であると察したからだ。

ドオル族の戦士たちもそれを分かっているのだろう。俺の横を通り過ぎる。

彼らの後ろ姿を見送ると、溜息《ためいき》を漏らす。

俺を取り囲むオーガたちの数が思いの外多かったからだ。

「……おいおい、俺はルルルッカのように部族一番の勇者でも、クロエのように戦闘系メイドでもないんだぞ」

その愚痴に「ウォォォオオン!!」と返答するオーガ。その数二〇。数匹のハイ・オーガもいる。

「ただの軍師、いや、司書なのになぜこんな苦労をしなければいけないんだ……」

やれやれ、と漏らすと挨拶代わりの《火球》をオーガにぶつけた。

†

燃え上がる悪鬼。

俺の放った《火球》の魔法は勢いよく燃え上がり、オーガを火葬する。

一撃でオーガを葬りされる魔力に自画自賛するが、うぬぼれはしない。どんな強大な火力を持っていても魔力と体力に限界があることを知っているからだ。

この前、姫様に伝えた言葉を思い出す。

「姫様は将の中の将になってください」

あの言葉に偽りはない。

さらに言えば俺自身も兵士の中の兵士、魔術師の中の魔術師になるつもりはない。

小賢《こざか》しく魔力と智謀《ちぼう》を使い、効率よく敵を打ち倒したかった。

なので魔力をセーブしながら戦うが、すぐにそれどころではないことに気がつく。

二〇体のオーガを倒すめどをつけた瞬間、後方からさらに二〇体現れたからだ。さらに前方からもオーガの影が見える。

「……くそっ……しまったな」

思わず毒づく。

格好良く足止めしたつもりだったが、どうやら俺はオーガの巣の中枢にいるようだ。各区画からオーガが現れる。

このままでは四方八方を囲まれるだろう。

そうなればどのような賢者とて生き延びることはできない。ましてや貧弱な司書である俺など八つ裂きにされるだけだった。

「…………」

一瞬、後方に下がるか、と視線を動かしてしまうが、すぐに首を横に振る。

（……今、俺がここから引けば、先に行っているドオル族の戦士たちは間違いなく孤立するだろう）

さすれば蹂躙《じゅうりん》されるのは彼らになる。

彼らは俺を信じてここまで来てくれた。木を運搬する大役を引き受けてくれたのだ。

彼らの信頼を裏切ることはできない。

もしも俺がここで臆病風を吹かし、彼らを見捨てればどうなるか。容易に想像がつく。

俺は彼らをオーガの犠牲にするためではなく、勝利をもたらすためにやってきたのだ。

彼らの信頼を得るためにやってきたのだ。

――そのためならば自分の命を犠牲にするのも仕方ない。

ここで力尽き果てるのも仕方ないと思った。

なので俺は自分の身体《からだ》にありったけの魔力を込める。

最悪、その魔力を爆発させ、オーガを地獄へ道づれにするためであるが、その覚悟は試されることはなかった。

プシュッ――

黒い影が現れるなり、ハイ・オーガの両肩に乗る。

黒い影は右腕に仕込んだ仕込み剣でオーガの頭部を刺す。

ハイ・オーガは一撃で絶命する。見事な手際であるが、黒い影の攻撃はそれだけで終わらなかった。

ハイ・オーガを一匹倒すと次の獲物に移る。

残像が見えるかのような動きで他のオーガの懐に入ると、そのオーガの喉笛を切り裂き、土煙だけ残すと、別のオーガの腹を突き刺していた。

八面六臂《はちめんろっぴ》の活躍である。ひとりで十数人分の活躍であるが、俺は黙ってその活躍を観察しているわけではなかった。

杖に『斬』属性の魔力を付与すると、彼の横に並び、一匹のオーガを切り裂く。

「ぐぎゃあ！」

というオーガの声を無視すると、黒装束の男に尋ねた。

「助太刀感謝する。黒衣の戦士よ」

「……これは助太刀ではない。たまたま通りかかったら、剣の切れ味を試せそうな獲物を見かけただけさ」

「なるほど、お前さんはツンデレなのか」

「……その言葉の意味は分からない」

「へそ曲がりってことさ」

「それならばよく分かる。その通りだ。幼き頃から周囲からそう言われて育った」

「自覚はあるのか。いいことだ」

と言うと魔力のエネルギー波をオーガにぶつける。

「貴殿は軍師かと思ったが、魔術師としての才もあるのだな」

「本来はただの本好きだが、今は仕方なく軍師と魔術師もしている。戦乱が終わったら、図書館司書に専念したい」

「いい夢だ。少なくとも血まみれの覇王になりたいと希望するよりはいい」

「お褒めにあずかり恐縮だ」

「返礼代わりに一助つかまつる」

「それはありがたいが、貴殿の名前を聞きたい。黒衣の戦士では呼びにくい」

「ではコクイで」

「いい加減だな」

明らかな偽名に溜息を吐くが、彼は意味ありげに口元をほころばせる。

「そうでもないさ。自分なりに意味がある」

「そうか。その意味と仮面の下を覗《のぞ》かせてほしいものだが」

「それはオーガを駆逐、いや、タイタン部隊を蹴散らしてから」

「……」

沈黙したのは、このコクイという男が色々とこちらの事情を察していると分かったからだ。

一瞬、警戒をしてしまうが、すぐにそれを解く。

コクイの目に悪意がないことを察したからだ。それどころか義心に満ち溢《あふ》れたまっすぐな目をしている。

（……この男は信用できる）

目的も素性も分からないが、ひとつだけ分かっていることがある。それはこの男の腕が凄《すさ》まじいということだ。

俺とコクイの会話を遮るように一匹のオーガが棍棒を振り上げる。

それを無言で切り裂くコクイ。

一刀両断とはこのことだろう。これを剣一本でやってのけるコクイはたしかに一流の戦士だった。

俺はその余光にあずかるため、同じようにオーガを切り裂く。

太ももから頭部まで一刀に斬られるオーガ。

二匹のオーガが同時に倒れると、さすがに彼らも動揺する。

一部、後退を始めるオーガ。いや、それどころか恐慌に駆られ、武器を放棄するものまでいる始末。

「――勝ったな」

とはコクイの発言であるが、それが現実となることはなかった。

逃走を始めるオーガの首をひょいと摑み、それを投げるものがいる――。

オーガの身体は二メートル近い。それを片手で持ち上げるなど、尋常ではない。

まさに化け物じみた能力であるが、すぐに「それ」が尋常ではない生き物だと分かった。

ハイ・オーガよりも一回り大きく、勇壮で凶暴な化け物がそこにいた。

激しく呼吸しており、目も血走っている。

筋肉もまるで雄牛のように膨れ上がり、血管も浮き出ていた。

頭部には三本の角がある。

景気づけのためだろうか、彼は側《そば》にいたオーガの首を引っこ抜くと、胴体から流れ出る血で口を潤す。

まさにオーガの残忍性を体現したかのような化け物であるが、その後方から声が聞こえる。

真っ黒なローブを着た魔術師風の男が言う。

「古代から続くオーガ族の中でも一際残忍なイビル・オーガよ。役に立たぬオーガどもを喰《く》らい尽くせ！　我らが終焉教団に仇《あだ》なす一味のはらわたを引きずり出せ！」

――なるほど、やはりこのオーガたちの裏には終焉教団が蠢《うごめ》いているようだ。

まったく、想像通りの連中であるが、自分の観察力を誇ることはない。

今はただ「この化け物」を始末することを考えるしかない。

それは軍師としての考えというよりも「生物」としての本能であった。

この化け物と対峙するには、自分の全知全能を以て挑まなければいけない。生き物としての勘がそう告げているのである。

†

イビル・オーガ。

終焉教団が連れ出したオーガの中のオーガ。化け物の中の化け物。

そのあまりの異様さに呑まれてしまったが、そこで臆してしまえば、彼らの思うつぼであった。

生き残るため、最善の布石を打つ。

横にいる頼れる戦士に言う。

「ここは禁呪魔法で一気に片を付ける」

「それはありがたい。持つべきものは戦略級魔術師の軍師様だ」

「ああ、俺も自分の才能を自画自賛したいところであるが、これには弱点がある」

「ほう」

他人事《ひとごと》のように言う黒衣を着た戦士のコクイ。

「この呪文を唱えるには最低限、五分の詠唱時間がいる」

「なるほど、つまりあの化け物相手に五分の時間稼ぎをしないといけない、ということか」

「ああ」

「簡単に言ってくれるが、それは不可能に近い」

「近いってことは不可能ではないんだな」

「……まったく、言葉遊びが好きな魔術師様だ」

「図書館司書の癖だ」

軽く笑うと彼に時間稼ぎを頼む。

「分かった。しかし、五分だけだ。それ以上は保証できない」


承知！


とは言わない。そんな暇があるならば呪文を詠唱したかったからだ。

俺は古代魔法文明の魔術師たちが何百年も掛けて効率化した言語を詠唱する。


「地の底に眠る炎の種火よ！

我の鼓動に反応し、裁きの炎となれ！

人の叡智《えいち》の結晶によって、悪魔の罪を問え！

紅蓮《ぐれん》の炎となり、咎人《とがびと》を燃やし尽くせ！」

要約するとそれだけの言葉なのだが、右記の意味の言葉を五分にわたり、古代の言葉で詠唱し続けなければいけない。

一節一節に、一語一語に言霊を込め、魔力を込め、言語を完成させる。

わずかの間違い、一分子のずれも許されない。

揺れるロック鳥の背で精密時計をピンセットで組み上げるような集中力が必要、とはとある高名な賢者の言葉であるが、まさしくその通りだった。

しかも今回は時間制限がある。

もしも一秒でも遅滞をしたらともに戦ってくれているコクイという男が死ぬのだ。

それは絶対に避けたい事態であるが、と彼の戦いぶりを観察する。

コクイは右手に仕込んだ剣で防戦一方だった。

斧《おの》を振り回すイビル・オーガ。

その一撃一撃は重い。

――いや、重いなんて言葉では片付けられない。

喰らえば一撃で剣をへし折られ、そのまま身体ごと寸断されるだろう。

それほどの膂力《りょりょく》であったが、コクイは斧の一撃を受け止めるのではなく、受け流すことによって避けていた。

頭がいいというか、およそ人の身で捌ける唯一の方法であったが、一撃一撃が即死級の威力の攻撃を受け流すのは難儀するはずだ。ましてやイビル・オーガの攻撃速度は隼《はやぶさ》のようであった。

（……これは五分も耐えられないか）

悪い予感がした。

事実、コクイは四分目に追い詰められる。

見れば巨木を背にしている。どこにも逃げようがない場所に誘導されたのだ。

このままでは殺される。

そう思った俺は右手に力を込める。詠唱速度を上げる。

呪文の精度、威力は落ちるが、今、魔法を放たねばコクイが死ぬと思ったのだ。

彼を今、死なせるわけにはいかなかった。

俺は真っ赤に燃える右手を振り上げる。

メラメラと燃え上がる俺の右手。

とてつもなく熱い。本来ならば術者にまで熱さは及ばないはずなのだが、未完成の禁呪魔法は容赦なく俺の右手を焼く。

なんという熱さだろう。

このままでは左手に続き、右手も失うかと思われたが、俺は気にすることなく、右手を犠牲にする。自分の右手よりもコクイを救いたかったからだ。

その思いは届いた。

未完成ながら完成した禁呪魔法。

俺はそれを解き放つ。


「《獄炎弐式》」


やたらと格好付けた名称であるが、その名称への批難は古代の魔術師たちにしてほしい。

俺への文句はその魔法でイビル・オーガを倒せるか、それだけにしてほしかった。

そんならちもないことを考えながら、放出される炎を見つめる。

未完成の魔法であったが、その威力は凄まじい。

どのように雄々しい魔物も、凶悪な魔物も呑み込みそうな勢いであった。

それが過大な表現でないことを証明するかのように、巨大な炎はイビル・オーガを呑み込む。

地の底から響くような大声を上げ、苦しみ悶えるイビル・オーガ。


「やったか!?」

先ほどまで戦っていたコクイはそう叫ぶ。

やったさ、と続けたかったが、俺はすぐにイビル・オーガの生命力、それに自分の未熟さを悟った。

イビル・オーガが炎を振り払い、俺に攻撃を仕掛けようとしていることに気が付いたからだ。

しかし、魔術師である俺は即応できなかった。

魔力を使い果たしていたこともあるが、本来、俺は戦士ではないのだ。

レオン・フォン・アルマーシュ、バナの森の洞窟にて朽ち果てる――。

単純な墓碑銘が俺の脳裏に浮かんだが、それを振り払うかのように後方から救いの手が現れる。

メイド服を着た少女が鬼のような形相で懐中時計を振り回してきたのだ。

彼女は鎖でイビル・オーガの攻撃を受け止めると言った。

「レオン様、今です。あなたの左手には可能性があるはず。おひいさまを救った左手によってこの化け物を倒してください」

的確な判断だと思った。

俺がやろうとしていたことをそのまま口にしてくれたクロエに感謝をすると、そのまま両足に《加速》の魔法を掛ける。

一瞬でイビル・オーガの懐に入ると、大口を開け、クロエを喰らおうとしている悪鬼の口に左手をぶち込む。

姫様のために捧《ささ》げた左手を。
義手となり、大砲を仕込んだ左手を。
魔力を送り込むと、左手に仕込んだ砲弾が飛び出す。
ゼロ距離で爆発した大砲は、イビル・オーガの口腔《こうこう》を貫く。
やつの頭部を吹き飛ばす。
脳漿をぶちまける。
その光景を見ていて、コクイは賛嘆の言葉を贈ってくれる。
「……見事だ。これが天秤の魔術師の力。この世界に調和をもたらすものの実力」
ありがたい言葉であるが、俺は自慢することも、謙遜することもできない。
なぜならばイビル・オーガを倒すのと同時に力尽きてしまったからだ。
薄れ行く俺の視界。
最後に目に映ったのは、残ったオーガを駆逐するクロエとコクイの姿だった。
その姿はまるで太陽と月のようであった。
奇妙に連係が取れ、調和が取れていた。
――まるで。
その言葉が浮かんだ瞬間、俺は気を失う。

†

夢を見る。

自分の夢ではなく、他人の夢を。

幼い、あどけない少女が花畑で花冠を作っている。

彼女はにこにこと一生懸命に花冠を完成させると、出来上がったそれを宝物のように持ち上げ、それを大柄の男のもとに持っていく。

それを受け取った男は、嬉しそうに目を細めながら、少女の名を呼んだ。


「――クロエ、ありがとう」


そう言うと夢は終わりを告げる。

意識と夢の合間、今見た夢の光景が、クロエのものであり、クロエが慕っていた男が彼の兄であると気が付いた。

徐々に意識が戻ると、クロエと兄の考察をしたくなったが、それよりも先に右手に激痛が走る。

どうやら火傷《やけど》をしているようだ。

身に覚えがありまくったが、それよりも気になることを口にする。

「……煙いな」

けほけほ、と咳払《せきばら》いをすると、俺の頭を抱きかかえているクロエに現状を尋ねる。

「煙が充満しているということは、ドオル族たちが無事、最深部にたどり着き、ノロシの木に火をくべた、と解釈していいかな」

「その通りでございます。さすがはレオン様」

目覚めた直後に冷静に状況を判断する俺に、賞賛の言葉を贈るメイドさん。

「君の膝枕は天上のように心地よかったが、いつまでもそれに身を任せていられないな」

と、うそぶくとそのまま身を起こし、尋ねる。

「コクイは？」

「コクイ？」

「黒衣の戦士だ」

「ああ、彼ですか、彼はなにも言わずに立ち去りました」

「……そうか」

結局彼はなにものだったのだろうか。頭をひねるが、すぐに振り払う。

ドオル族の戦士たちが駆け上がってきたからだ。

「お疲れ様、お前たちの勇気と尽力によってオーガどもを巣の中から追い出せる」

その言葉にドオル族たちは表情を緩ませる。

「お前が敵を引きつけてくれたおかげだ」

しかし——、と続ける。

「とんでもない軍師様だ。自ら前線に出て、自ら傷を付けるとは」

「目下のところ人材不足なもので」

「ならばこれ以上、人材は減らせないな」

突入部隊の男のひとりがそう言うと、ドオル族の若者に俺を背負うように命じる。

子供ではないのだが、と言おうと思ったが、素直に厚意に甘える。

魔力と体力を使い果たしていたからだ。

ドオル族の大きな背中に乗りながら、彼らに指示をする。

その姿を見てクロエはくすくすと笑う。

「レオン様はどんなときも指揮されるのですね」

「貧乏性なんだ」

そう返すと、ドオル族の背中から、火球を放つ。

爆炎が上がると、煙の合間を縫ってドオル族たちはオーガの横をすり抜けた。

数分後、光が見える。

そこには洞窟の入り口があった。

地上が見えてきたが、同時に後方から無数の悪鬼の群れが来るのが見えた。

オーガたちが俺たちを追いかけてきたのだ。

「地獄の竈《かまど》に掛けた鍋が、吹きこぼれるような光景だな」

冷静に評したが、クロエは笑ってくれなかった。

「文学的な表現ですが、このままでは捕捉されます。――私が残って足止めしましょうか」

「それには及ばない。君のおひいさまが俺たちの窮地を救ってくれる」

「おひいさまが!? もしかしてこの洞窟に入る前に授けた策ですか?」

「その通りだ。俺たちのおひいさまならばやってくれるはずさ」

そう言うと同時に地上に出る。

それから遅れて三〇秒後、地獄の釜の蓋が開いた。

そこから醜悪な悪鬼たちが飛び出てくるが、それに蓋をするかのように姫様の声が響き渡る。


「弓隊、弓を放て!!」

凛《りん》とした声が地上に木霊《こだま》する。

それと同時に張り詰めた弓が解放される。

すると無数の弓矢が悪鬼たちに襲いかかる。

「グガァアア!!」

オーガたちは悲鳴を上げる。

しかし、生命力が尋常でない彼ら、それにオーガは無数に湧き出てくるのですべてを倒すことはできない。

しかし、それでも敵の勢いは削《そ》ぐことができる。その間に地上の討伐隊と合流する。

「そのままオーガを駆逐するのだな!」

とは族長の娘ルルルッカの言葉であるが、それはしない。――というかできない。

「この数のオーガを『普通』の方法で撃退するのは不可能だ」

「しかし、やつらを倒さねば、森に安寧は訪れない」

「それは分かっている。だからやつらを一網打尽にする」

「一網打尽?」

「そうだ。俺を信じるか?　トラスト・ミーというやつだ」

「私を信じてか、分かった」

ルルルッカはこくりとうなずくと、ドオル族の指揮に徹してくれた。

先日の勝負、洞窟での指揮で完全に俺を信頼してくれているようだ。

有り難い。それにやりやすくて助かる。

心の中で彼らに感謝を述べると、シスレイアのほうに向かう。

「麗しの姫君、矢の差し入れありがとう」

「すべてはレオン様の指図の通りにしたまでです」

「ということは俺の言った通りにノロシの木を配置してくれたか？」

「はい、一分の隙も無く。ご命令と同時に順番に発火します」

「さすがは姫様だ」

俺は心の底から感嘆する。

彼女は平和を声高に叫ぶだけの理想主義者ではなく、人を統率する才にも恵まれている、そう思った。

「では、さっそくそれを利用させてもらおうか」

そう言うと姫様はうなずき、部下に命令を飛ばす。

伝令が飛んでいくと次々にノロシの木から煙が上る。

すると洞窟の内部だけでなく、森一帯が煙に包まれる。

そんな状態の中、一方向だけ煙がない方角がある。すっきりと晴れた道がある。

俺たちは堂々とその道を撤退した。

混乱状態から脱したオーガもそのあとを追う。

煙にいぶり殺されないために当然の選択であったが、実はそれは地獄へ通じる道であった。

彼らは知らずに地獄への道を選択してしまったのだ。

彼らが向かう先には大きな湖があり、そこには俺の策を受けたエルフ族の精霊使いたちがいた。

オーガを地獄の底に落とす策を実行していたのだ。

†

バナの森には湖がある。

サキの湖と呼ばれる湖である。

バナの森の民の重要な水源となっている。

この湖に繋《つな》がる川は森の住民たちの貴重な生活用水になっているし、この湖で獲れる魚は貴重なタンパク源となっている。

ここで漁をし、生活している亜人も多かった。

なので先にこの湖に向かってもらったエルフ族のエキュレートには、事情を説明し、事前に避難勧告を出してもらっている。

というわけで俺たちが合流しても森の住人と出会うことはなかった。

俺たちはエキュレートとの再会を喜び合う。

「エキュレートさん、別働隊の指揮ご苦労様です」

シスレイアがお姫様らしい笑顔を送ると、エキュレートは笑顔で返答する。

「そちらこそご苦労様。その姿を見る限り、それなりに苦労をしたようね」

俺たちの姿が薄汚れていることに気が付くエキュレート。土埃《つちぼこり》や煤《すす》だらけである。

洞窟の中を駆けずり回り、煙の中を進んだのだから当然である。

「お風呂に入る暇もなかった。やつらを焚き付けて即座にここにきたからな」

「挑発ご苦労様。是非、お風呂に入ってもらいたいけど、その余裕はある？」

「ないよ」

あっさり答える。

「やつらを引き付けながら来たからな、数時間後、やつらはここになだれ込んでくる」

「なるほど、じゃあ、さっさとやっつけてお風呂に入る余裕を作りましょうか」

エキュレートは気軽に言うが、困難を指摘するのはシスレイアだった。

「しかし、レオン様、やつらを誘《おび》き出したはいいですが、いったい、どうやって駆逐するのですか？」

彼女は真剣に問う。

ルルルッカも同様の視線を送ってくる。

そりゃあ、そうか。ここまで必死にやってきたはいいが、ここからやつらを討伐するビジョンはまったく見えない。それにオーガと直接戦い、やつらの強さは身にしみているはずだ。

説明をする義務がある。そう感じた俺は、彼女たちに説明をした。

百聞は一見にしかず。

そう思った俺は彼女たちに「策」をほどこした湖を見せた。

彼女たちの眼前に変わり果てた湖が広がる。

それを見た彼女たちは、文字通り絶句した。


「……こ、これは……し、信じられない」


その言葉は湖を見た彼女たちの言葉だ。

冬でもないのに凍った湖を見て、彼女たちは絶句をした。

「な、なぜ、湖が凍っているのですか？　この時期に」

当然の疑問を口にするお姫様に答える。

「それはエルフ族の精霊使いのおかげだよ。彼女たちは氷の精霊を使役できる」

そう言うとエキュレート率いる精霊使いたちの周りに、美しい氷像のような精霊たちが舞い始める。エキュレートたちは精霊と戯れるとこう言った。

「使役ではないわ。協力してもらっただけ。精霊とエルフ族は友達なの」

「そうなのか。それはすまない。一言でまとめると湖が凍ったのは彼女たちのおかげだ」

「それは否定しない」

えっへん、と胸を張るエキュレート。

「す、すごいです。王都のアイススケート場よりも立派です」

「こんなに広いスケートリンクは世界中どこを探してもないよ」

「しかし、野にアイススケート場を作るのがレオン様の目的ではないのでしょう?」

とはクロエの言葉だが、その通りだった。

「そうだ。俺には考えがある。この氷を使ってオーガを駆逐する考えがな」

そう不敵に笑うと、さっそく、その方法を実行した。


赤い蛍のようなものが無数に見える。

闇に包まれた森を無言で進むそれは昆虫ではなかった。

怒りに満ちたオーガの群れであった。

彼らは殺意を瞳に宿し、怒りを光にしながらまっすぐに進む。

自分たちの巣に炎を放ったもの、自分たちを侮辱したものを殺そうと躍起になっている。

感情を爆発させているが、そのこと自体は侮蔑しない。

自分の家に火を放たれ、仲間を殺されて怒らないものがいれば、それは生物ではなく、ただの物であろう。オーガにはオーガの感情があり、喜怒哀楽があるのだ。むしろ、彼らの感情は生物として正しかった。

そんな感想を抱きながら、彼らを駆逐するため軍師レオンは右手を挙げた。

レオンは小さく漏らす。

「その感情は正しい。ただ、お前らはもっと人の感情に敏感になるべきだった。ドオル族とエルフ族にも敬意を持つべきだった。お前たちが殺したものにも家族がいることを、感情があるものたちであると悟るべきだった」

あるいはそれは暖簾《のれん》に腕押しなのかもしれないが、言及せずにはいられない。

それはこれから大量の生物を殺す軍師の言い訳なのかもしれないが、言わざるを得なかったのだ。

ある意味、軍師レオンの心はそんなに強くないのだ。

オーガとはいえ、大量殺戮《さつりく》するのは趣味ではなかったのである。

しかし、レオンはそれでも右手を振り下ろす。

溜めた魔力を解放する。

レオンはオーガたちを湖の中心に誘い込むと、そこで魔法を放つ。

《地震》の魔法である。アースクエイクとも呼ばれるその魔法は容赦なく地面を揺らす。

さて、ここで説明をしよう。

この湖の氷はエルフ族の精霊使いたちが張った氷である。

冬場でないにしろ、彼女たちの張った氷は強固だった。

数百体のオーガが乗っても割れることがないくらいにしっかりしたものであったが、それでも割れないものではない。氷というものはいつか溶けるか割れるものなのだ。

春にならなくても割れるときは割れるのである。――例えば強烈な負荷が掛かったときなどは物理法則に従い割れる。どのように分厚い氷も砕けるのだ。

ましてや戦略級魔術師とも目される宮廷魔術師のアースクエイクに耐えられる氷などそうはない。

サキの湖にできた氷はぱっくりとふたつに割れる。

「ば、馬鹿な!?　この分厚い氷が?」

この言葉は人間の言葉が話せるオーガの発した言葉であるが、オーガ語でも同じ意味の言葉が無数に放たれる。彼らは呪詛《じゅそ》にも似た言葉を発しながら、湖に呑まれていく。

通常、オーガは泳ぐことができる。しかし、サキの湖は大きい。

少なくとも泳ぎが達者なものでなければ横断することはできない。しかも、今は氷が至るところにあり、水温が極端に低かった。

それにオーガは極端に筋力があり、贅肉《ぜいにく》が少ない。つまり浮力がないのである。そんな状況が重なればほとんどのものが溺死するのは必定であった。

湖の中央で溺れ、仲間たちの上に乗り難を逃れようとするオーガ。

必死に泳ぎ、岸に向かおうとするオーガ。

ただただ、暴れ回るオーガ。

色々なオーガがいたが、岸にたどり着けたのは数匹だけだった。

その光景を岸から見つめるのはドオル族の族長ルルッカだった。

彼女は素直な気持ちを言葉にする。

「――すごい。一兵の犠牲も出さずにあの精強なオーガたちを駆逐した」

その言葉に呼応するのはエルフ族のエキュレート。彼女は我がことのように自慢する。

「すごいでしょう、レオンは。彼がこの作戦を考えついたとき、あたしは思ったわ。こいつ天才だって」

「……たしかにその通りだけど、エルフよ、なぜ、お前が偉そうなんだ」

「その言葉を信じて湖に氷を張ったからよ」

とはエキュレートの言葉だが、たしかに氷を張ったものは賞賛されて然《しか》るべきだろう。メイドのクロエはそう思った。

――しかし、とクロエは心の中で続ける。

(……やはり偉大なのはこのお方だ。初めて訪れた森で地形を完全に把握して、とっさにこのような作戦を思いつくなど、天才と言わざるをえない)

その構想力、発想力、決断力、行動力、どれも凡庸とはほど遠かった。

クロエは改めてその天才を見る。

敵を駆逐したばかりだというのに少しも浮ついたところがない。最初、オーガとはいえ大量に溺死させたことに心を痛めているかと思ったが違うようだ。彼はこの先の光景を見ているのだ。

オーガの駆逐に成功した先を見据えているのだ。天才軍師レオンはこのあと、ドオル族の助力を得て巨人討伐に向かう。アストリア帝国のタイタン部隊掃討に。

当初の予定がそうだからである。

レオンならばきっと帝国屈指の最強部隊タイタン部隊もなんとかしてしまうだろう。鮮やかな作戦でタイタン部隊を葬り去るだろう。

それは約束された勝利だった。

既定の未来だった。

クロエはその未来が訪れると確信していた。

これまでの彼の実績、それと彼の両眼がそれを証明していた。

クロエは改めてレオン・フォン・アルマーシュの両眼を見つめる。

そこには天秤の形をした光が映っているような気がした。

「……天秤の魔術師」

クロエはぽつりとつぶやく。

その名はこの国の伝説の魔術師の名であった。この世界に調和をもたらす存在の名であった。

王家に伝わる伝承であるが、おそらくその伝承は真実なのだと思う。

クロエはそのことを確信しながら、レオンのことを見つめ、次いで敬愛する主《あるじ》を見つめた。

彼女もまた同じようにレオンを見ていた。

きっと主も同じようなことを考えているのだろう。その表情からはただただレオンへの敬愛の心しか感じられなかった。

ただ、ふと恥ずかしくなってしまう。それは今の自分が主と同じ表情をしていると思ったからだ。

それはおひいさまに忠誠を尽くすメイドがしてはならぬ表情であった。

第五章　兄と妹

†

サキの森で氷を張り、そこにオーガを誘い込み、氷を割って溺死させる。

単純だが、最良の策でオーガを倒すと、そのままドオル族の村へ帰還する。

エルフ族たちは自分たちの村に帰ってもらう。

「エルフ族をドオル族の村に連れて行かないのは理由があるのか？」

ルルルッカは尋ねてくるが、彼女には正直に話す。

「エルフ族は戦争に向かない。心優しい種族だから」

「なるほど、たしかにやつらは俗世の争いには興味がない。ましてやタイタン部隊と戦うなどありえない」

しかし、と彼女は続ける。

「それはドオル族も同じだ、とは思わないのか？」

「思わない、と言ったら自信満々過ぎるかな」

「勘違いイキリ野郎の称号を与える」

「だろうな。しかし、この短い間だが、君らと行動して分かった。ドオル族はやはり世間の評判通りの一族だ。誇り高く、勇敢だ。どんな窮地にも臆さないし、義理堅い」

「褒め殺しか」

「事実を言ったまでだよ」

「有り難い。まあ、その通りだし、時間が勿体《もったい》ないから言うが、少なくとも我は協力するぞ。一傭《よう》兵《へい》としてお前に協力する」

「本当か？」

「ああ、我々としてもエルニア軍が負けてアストリア軍が進駐してきたら困るからな。やつらがこのバナの森の独立を保障してくれるか未知数だ」

「つまりドオル族の独立を守るため、戦ってくれるのか？」

「ああ、我とその部下はな」

にこりと微笑《ほほえ》むと彼女は抱擁をしてくれる。そのまま暗がりに連れ込もうとするのはご愛敬《あいきょう》であるが、丁重にベッドインを断ると、彼女は本音を言う。

「協力するからには、ドオル族の件、しっかりと頼むぞ」

「分かっている。それは姫様の名誉に懸けて」

「ならば大丈夫だな」

と笑うと、姫様が補足する。

「お任せください。わたくしの目が黒いうちはエルニア政府にもエルニア軍にもこの森には手出しをさせません」

「有り難い。お姫様の言葉には千金の価値がある」

そう言うとルルルッカは微笑んだ。


さて、このようにしてルルルッカの協力は取り付けられたが、案の定、それ以外の協力は簡単には取り付けられない。特にドオル族の族長ウルマイットが容易に首を縦に振ることはなかった。

それはルルルッカの見立て通りであったし、俺自身、そこまで期待していなかったので、失望はしなかったが、落胆したのはたしかだ。森の脅威を取り除いたのだから、全面的に協力してくれるかもと思っていたのだ。

シスレイアにそのことを正直に話すと、彼女はにこにこと言った。

「それは仕方ありません。族長はこの森の指導者です、容易に首を縦には振れないのでしょう」

彼女は族長の立場が痛いほど分かるようだ。

「まあ、そうだよな。ルルルッカとその部下の協力を得られるだけでも有り難いものだ。最強の傭兵一族の最強の戦士が加わってくれた」

「そのようにプラスに考えましょう」

と言いバナの森を旅立とうとしたとき、族長の使いがやってくる。

彼は言う。

「……オーガを倒してくれたことは嬉《うれ》しいが、ドオル族の指導者として村を挙げて協力することはできない」

その言葉は想像通りなので怒りはしない。むしろ感謝の念を伝えると、使者はこう付け加える。

「……しかし、我も寄る年波には勝てない。引退をしようと思っている」

「引退だって!?」

その言葉に一番驚いたのはルルルッカだった。

「父上は依然この森最強の存在。まだまだ戦えるはずだ」

娘の抗議に使者は冷静に答える。

「――と娘は言い張るだろうが、それでも歳《とし》は歳だ。ただ、引退はするが誰に族長の座を譲るかは決めていない」

「族長の娘さんであり、一族最強のルルルッカ様が継ぐのではないのですか?」

シスレイアは不思議そうな表情を浮かべるが、その疑問は当然であった。俺はもちろん、クロエもそう思っていた。もしかしたらルルルッカ自身もそう思っていたのかもしれないが、その疑問を氷解させるため、伝令は族長の言葉を伝える。

「ドオル族を継ぐものは、ドオル族で一番強く、ドオル族で一番賢く、ドオル族で一番、義理堅いものだ。それを証明せよ。ドオル族の族長になりたいものはエルニアの姫君のもとにはせ参じ、巨人を討伐せよ」

その言葉で皆が察する。

族長の器の大きさを。彼の意図を。

ウルマイットはこう言っているのだ。

ドオル族の族長としてエルニアには協力できないが、ドオル族個々人はエルニアの姫様に協力する、と。部族全体で協力するのではなく、傭兵として個々人が協力すると言っているのだ。

それはもしもアストリア帝国がこの森を支配したときの方便となる。

ドオル族はエルニアには味方しなかったと言い張ることができる。

逆にエルニアに対しては、ドオル族は姫様に味方する、という政治的なメッセージとなる。

なかなかに老練で政治的な手法を用いてきたのだ。

（武人のような見た目だったが、なかなかに政治家でもあるらしい）

それはその逆よりもいいことであった。

それに結局、ドオル族のほとんどが味方してくれるということに変わりなかった。

今回のオーガ討伐で姫様に感じ入ってくれたほとんどのドオル族はその指揮下に加わってくれたのだ。要はオーガ討伐隊はそのまま姫様の傭兵となってくれた。

強力な傭兵を指揮下に置くことができたのである。

それはとても有り難いことであった。

俺は改めて姫様を見つめる。

彼女の美しさよりもそのカリスマ性に感嘆するとそのまま森をあとにする。

今は彼女に見とれているときではなかった。

それよりも今、必要なのはエルニア国内を南進している天秤《てんびん》師団と合流することであった。

当初の目的を果たすことだった。

おそらくではあるが、天秤師団は南進をし、タイタン部隊と対峙《たいじ》している頃だろう。

もとよりそういう作戦で、その隙を突いてタイタン部隊の横腹を突くというのが俺たちの作戦だった。

俺は改めてその作戦の詳細をルルルッカたちに説明すると、彼女たちはこくりとうなずく。

「分かった。そうする。というか、それしかないだろうな、強大なタイタン部隊に打ち勝つには」

ルルルッカもその作戦に全面的に同意してくれるが、苦笑も漏らす。

「完璧な作戦だと思うが、我らが協力しなかったらどうしていたのだ」

「確かにそうです。もしも我らが味方しなかったら負けます」

クロエも追随するが、俺はのほほんと言った。

「そのときは素直に負けるさ。即座に天秤師団を撤退させる。犠牲は最少限にする」

「それでは国王陛下の命令が果たせません」

「そんときはそんときだな。そもそもたったの一個師団でタイタン部隊を壊滅させろ、というのが土台無理な話なんだ。撤退しても誰も笑いものにはしないよ」

「ですが、命令を成功させなければ姫様の立場が」

「姫様の立場が悪くなったら、姫様を亡命させる。俺は彼女とこの国を改革し、この国に平和をもたらす約束をした。しかし、別にそれは姫様に王位を継がせなくてもできる。アストリア帝国にこの国を征服させ、悪《あ》しき政府と軍部、王族を一掃させてから、解放軍としてこの国に帰ってくることもできるんだ」

その豪胆な考え方に、シスレイアも含め、全員が、驚愕《きょうがく》の表情を浮かべている。

「俺は大胆なことを言っているようだな。しかし、真正面から戦ってすべての戦いに勝とうというほうがよっぽど虫がよくないか？　これから姫様は帝国軍、それにこの国の内部の腐敗、それに終《しゅう》焉《えん》教団という巨悪と戦う。いくつかの戦いに負けるかもしれない。問題なのは負けることを厭《いと》うのではなく、負けたあと、どうするか、だ。負けたって最終的な平和が得られるのならばいいじゃないか」

その言葉にあっけにとられる彼女たちであったが、最初に同意してくれたのは他ならぬ姫様であった。

「……たしかにその通りです。なにも犠牲にせず平和を得ようというのは虫が良すぎるのかもしれません。我々が負ければ民が困ることになるでしょうが、勝てば勝ったで困るでしょう。この国を改革するとき、必ず騒乱になるからです。しかし、それを忌避すれば、百年の平和は得られません」

「そういうことだ。大事の前の小事ってやつだが、ただまあ、今のところ『負ける』心配はしなくていい」

「つまり、タイタン部隊を打ち払う勝算がおありということですね」

「そうだ。シスレイア姫の軍師、レオン・フォン・アルマーシュは勝算のない戦いはしない。必ず主《あるじ》の期待に応える男だ」

そう言うと俺はルルルッカの方向へ振り向く。

「ルルルッカ、俺と姫様は一足早く天秤師団の本体と合流するが、お前にドオル族の傭兵の指揮を任せられるか？」

彼女はその役目に我以上の適任はいようか、という顔をしたので、そのまま部隊の指揮を託す。

「それじゃ、俺と姫様とクロエは一気に森を抜けるか」

そう漏らすとそのまま森を抜ける。

ふたりは最短距離で森を抜けるルートを選ぶ。

天秤師団を南進させるドオル族に協力を取り付け、その横腹を突かせる。

さて、ここまでは完璧な計算のもとに作戦は進んでいるが、ひとつだけ不安要素があった。

俺の勝利の青写真になかった人物がひとりいるのだ。

それはオーガの巣穴で出会った黒衣の男だった。俺を窮地から救ってくれた男だ。そもそもあの男がいなければ俺はここにはおらず死んでいたというのが正直なところだった。

それはまあいいというか、逆にとても有り難いことなのだが、問題なのはその黒衣の男が俺と姫様を尾行しているということであった。

これに気が付いているのは俺だけのようである。

「…………」

さて、敵意はないようだが、どうするべきか。

俺は少しだけ迷っていた。

†

森をひたすら歩く俺とお姫様とメイド。

その後方にぴたりとくっついているのは黒衣の男だった。彼はオーガから俺を救ってくれた男である。

彼はいったい、なにものなのだろうか。俺たちの味方なのだろうか。敵ではないだろうが。

好奇心と警戒心が湧くが、彼を追及することはできない。

警戒心を発動させ、彼にコンタクトを取ろうとした瞬間、気配を消されたからだ。

「……結局、正体は摑《つか》めずか」

残念そうに漏らすと、シスレイアが首をかしげる。

「いや、なんでもない。暗がりで美人だと断定しないほうがいいかな、と思っただけさ」

「よく分かりませんが、もうすぐ森から抜けられそうです」

彼女が宣言すると、森の出口が見える。

長期間、森の中にいたから、木の葉越しの光に慣れていた俺たち。なにもない平原の光はとてもまぶしかったが、気を取られることなく、平原を進む。

途中、農家を見つけると、市場価格の五倍で馬を譲ってもらう。

その馬を飛ばし、天秤師団との合流を急ぐ。

もしかしたらすでにアストリア帝国のタイタン部隊と交戦中、という可能性も考慮されたからだ。

その場合はそのまま指揮を執ってなんとかするつもりであったが、そのような緊急事態は避けられた。

師団を任せていたヴィクトールとナインは慎重にことを構え、俺の帰還を待っていたのだ。

ヴィクトール少佐は言う。

「俺に指揮ができるわけがないだろう。というか、この師団はレオンの旦那のものだ」

ナインも似たようなことを言ったが、それは間違っている。この師団は姫様のものである。

というわけで姫様に布告を出してもらい、近日中にタイタン部隊と対峙する旨を伝えるが、だれひとり臆するものはいなかった。

姫様に全幅の信頼を置いてくれているわけだが、その勇気がすぐに試されることはなかった。

タイタン部隊との決戦は数日後になったからだ。

ヴィクトール少佐は言う。

「現在、タイタン部隊はエルニアの南方の都市を攻略中だ。斥候の報告によると、すでに都市は陥落寸前らしい」

「つまり今から行っても間に合わない、ってことさ」

ナインは戯《おど》けて言うが、言っていることは冷徹だった。無論、責めたりはしない。彼らの見識が正しいからだ。城塞を破られた都市に今から救援に行っても無駄なのは自明の理だった。

もしも今からその都市の救援に行けば、勢いに乗った巨人の手痛い洗礼を受ける。地の利をまったく得られずにボロ負けする。

ただでさえこちらの戦力は少ないのに、戦う場所を選ばないのは愚将のするところであった。

それにアストリア帝国も鬼ではない。陥落させた都市は帝国に併合し、支配下に置く。住民を手荒に扱うことはないだろう。――絶対ではないが、一軍の将としてはそういう計算で動くしかない。

今、俺がすべきなのはヴィクトールからこの辺の地形を聞き出し、巨人と戦いやすい地形を探すことであった。

幸い、この付近に峡谷のようなものがあるという。巨人と戦うにはこれ以上ない地形だと思った俺はそこに工作部隊を先に送り込む。

天秤師団本体は三日後に向かうことになった。

つまり三日間、手隙になったわけであるが、その間、俺は存分に書物を読めると喜ぶ。

――三〇秒だけ。

滞在している街の仮の宿舎で本を読んでいると、クロエが頬袋を膨らませながらやってくる。

彼女は俺の部屋の扉を開けると、

「レオン様にふたつほど言いたいことがあります」

と言った。

ひとつ目は察した通りだった。

「レオン様、タイタン部隊との決戦、私を留守役にするそうですね」

「君は軍属ではない――、の一言で済ませようと思っていたのだが、駄目かな」

「駄目です」

「しかし、君は本当に軍人じゃない」

「しかし、おひいさまのメイドです。それに武力にはいささか自信があります」

「おひいさまをひとり戦場に立たせたくないのだな」

「はい」

「だが、今まではずっとそうだったはず。正直、君にメイド服を脱いで軍服を着てもらいたくない」

「どうしてですか？」

「エルニア陸軍の女性士官が着るような軍服は君には似合わないから」

「………」

「冗談のつもりだが、笑えないかな。でも本心さ。それに君にはこの街の警護を頼みたい。どうやら帝国軍の斥候が入り込んで破壊工作を行っているとの報告もある。君は情報の扱いに長《た》けているから、敵の斥候を見つけられるだろう」

「なるほど、私には私の役目があるのですね」

「ああ、頼りにしている」

半分本当、半分嘘《うそ》である。そのような報告はないが、常識的に考えれば帝国工作員は紛れ込んでいるだろう。それを捕まえてもらうというのはここに残らせる大義名分となり得た。

クロエは納得したようだが、もうひとつ言いたいことがある、と言ってくる。俺はどうぞと許可をする。

「実はこっちのほうが重要なんです」

とクロエは真剣な表情をすると、こう言った。

「この街には温泉があるのです。おひいさまと一緒に浸《つ》かりに行ってください」

にこにこと小悪魔のように言うクロエ。

すでにタオルとシャンプー、バスローブなどが用意されている。

有無を言わさぬ態度でそれを渡されると、温泉浴場のチケットも。

なかなかに策士である。

俺が断れないように、嬉々《きき》とした姿で待機している姫様の存在も告げてくる。

「もしもいかないと言ったら、おひいさまはさぞしょんぼりされるでしょう」

などとも言われる。

完全に追い込まれ、策にはまっているわけであるが、悪い気はしなかった。

戦場で敵に打ち負かされるのは厭《いや》だが、日常生活においては他人に騙《だま》されるのも悪くはない。まして や相手の善意から出ている策略、いや、サプライズを満喫するのは、人生を楽しむコツであろう。

そう思った俺はクロエからお風呂セットを受け取ると、そのまま温泉に向かった。

†

地方都市に温泉というのは珍しいと思ったが、この辺の都市では当たり前のようにあるらしい。

むしろ普通に井戸を掘っても出てきてしまうため、飲み水を確保するよりも安いようだ。

というわけでこの辺は温泉宿、それに温泉を利用した温室栽培などが盛んだった。

「冬に美味《おい》しいお野菜が食べられるのはこの街のおかげなんですね」

とは美味しそうに温泉玉子を食べているシスレイア姫のものだ。

温泉施設の売店で買ったものだが、彼女はちゅるん、と玉子を食べると、

「わたくし、温泉は初めてです」

と言った。

「なるほど、そうか、へえ」

と、やくたいもない台詞《せりふ》しか漏れ出てこないのは、クロエに渡されたチケットに家族風呂と書かれていたからだ。

「……あのメイドめ」

と思わなくもなかったが、この温泉宿には混浴と家族風呂しかないことを従業員の口から聞く。

つまりここで家族風呂を諦めるとシスレイアは混浴に行くことになる。

一国のお姫様、それもこのように美しい少女を混浴に入れれば、きっと騒動になるだろう。俺の精神衛生上も良くない。姫様の裸身を他人に見せたくなかった俺は、売店で水着を買うとそれを姫様に着るようにうながす。

きょとんとする姫様。

「お風呂で水着を着るのですか？」

「一般大衆の常識です」

そう言い切って信じ込ませる。世情に疎い姫様は一発で信じると水着を着用する。

そのままふたりで家族風呂に入る。

「――かぽーん」

となんともいえない音が木霊《こだま》する。

「…………」

「…………」

互いに無言であったが、無言の種類が違う。俺は羞恥の沈黙、姫様は安楽の沈黙だった。つまり姫様は温泉を楽しんでいらした。

善きかな、善きかな、と思う――わけもなく、目のやり場に困っていると姫様は言った。

「……もっと近くに来てくれませんか？」

「…………」

どきりとしてしまうが、それが性的な誘いでないことはすぐに分かった。姫様の表情が真剣だったのだ。

俺は真面目な表情で彼女の話を聞く。

「ありがとうございます、レオン様。実はクロエのことなのですが」

「クロエか……。言いたいことは分かる。兄のことか」

「そうです。森で触れていたクロエの兄上のことです」

「君はクロエの兄について知っていたのか？」

「はい。軽くですが。時折言っていました。兄上はとても優しくて強い人『だった』と」

「過去形か」

「はい。現在、なにをしているか、尋ねても答えてくれることはなかったです」

「ドオル族の戦士として不名誉烙印《らくいん》を押されて追放されたんだもんな。彼女はその不名誉を雪《すす》ぐために戦士になったというし、きっと色々な感情があるのだろう」

「はい。しかし、その感情が今にも爆発しそうです。彼女が折れてしまいそうな気がするのです」

「普段と変わらない気がするが」

「これは長年、一緒に暮らしたわたくしだから分かる感覚なのです」

「なるほどな。おそらく、いや、確実にそうなんだろうな」

「レオン様、なんとか彼女を救ってもらえませんか？」

「……それは構わない。いや、俺もクロエを救いたい」

姫様は、ぱあっと表情を輝かせるが、俺は即答は避ける。そして彼女に告げる。

「助けるが、その代わりお願いがある。姫様はこのままこのお湯を出て、売店に行ってコーヒー牛乳を飲んできてくれないか？」

「……コーヒー牛乳？」

「そうだ。王宮では飲まない飲み物だな。しかし、風呂上がりには最強の飲料だ」

「レオン様がおっしゃるのならばそうしますが、一緒に飲みに来ませんか？」

「俺は長風呂でね。もうちょっと入りたい」

ならばわたくしもと言うシスレイアを説得すると、そのまま彼女を売店に向かわせる。

俺は水着越しの姫様のお尻を眺めながら、彼女が家族風呂から消えるのを待つと、窓の外にいる人物に声を掛けた。

「……コクイ、そこにいるんだろう」

そう小声で言うと、彼はいつの間にか浴場に入っていた。

そこで一緒に風呂に入ればシュールであるが、彼は湯船の外から声を発する。

「……よくぞ気が付いた」

「まあ、姫様を視姦《しかん》するものに注意を払っていたからな」

「なるほど、心強い護衛だな」

「おかげでお前の存在に気が付けたよ。さて、お前の正体を聞きたいところだが、教えてくれるかね？　自主的に」

軽く言うと、彼はうなずく。

「もとより隠すつもりはなかった」

そう言うと仮面を取り、俺に顔を見せる。

仮面の下にあったのは美麗な顔だった。身体付きがごつかったので、巌《いわお》のような男を想像していたが、なかなかに美青年だった。

「男前だな……」

と言い掛けた言葉が途中で止まったのには理由がある。

どこかで見たような顔だと思ったのだ。

記憶をたどるが、見覚えはない。過去の知人縁者ではない。というか、最近会った人物である。

しかも直近、つい数刻前――

と記憶を整理していると、クロエの顔が浮かんだ。

「あ……」

と言うと男はにやりと笑う。

「正解だ、軍師殿。俺はクロエの兄だ。名をボークスという」

彼は黒衣のフードを取る。そこには鬼の角があった。

「お前はクロエの兄か。不名誉烙印を押された」

「その通りだ」

「なぜ、今、ここに現れた。それになぜ、クロエを置いて森を出たのだ」

「それは長くなるが聞いてくれるか」

「もちろんだ。つうか、聞かせろ」

俺がそう言うとクロエの兄ボークスは語り始めた。

クロエの兄ボークスは優しい性格のドオル族だったらしいが、その強さはなかなかのもので、一族や部族の期待を背負っていたらしい。やがては指導者となり、ルルルッカを嫁にし、族長に、というほどの声もあったらしいが、その未来は絶たれた。

理由はドオル族の戦士の儀のおり、その儀式を放棄し、逃げ出したからだ。ドオル族にとって戦士の儀を逃げ出すのは最上級の禁忌なのである。

「なぜ逃げ出したんだ？　蒼《あお》き牝鹿《めじか》を狩る儀式だと聞いたが」

ボークスは包み隠すことなく、淡々と教えてくれる。

「儀式の前日、妹のクロエが高熱を出した。流行病《はやりやまい》だ。俺はそんな中、儀式に参加した。戦士になるためではない。白き牡鹿《おじか》の肝を得るためだ」

「白き牡鹿の肝……」

「白き牡鹿の肝は流行病の特効薬だった。強烈な解熱剤だったのだ。だから俺は蒼き牝鹿を狩らず、白き牡鹿を狩ったというわけだ」

「クロエを救うための行為だったのか」

「ああ」

「なぜ、そのことをクロエに言わない？」

「言えば悲しむだろう。自分のために不名誉烙印を背負ったと責任を感じてしまうだろう。だから妹にはなにも言わなかった。両親にもそう頼んだ。このことを知っているのは、俺と両親とお前だけだ」

「……そのもの言いはそれ以上、このことを知っているものを増やすな、ということか」

「ああ、そうだ。このことはお前の心の内に伏せてくれ。クロエには俺が死んだ、これ以上、俺のことで気を揉《も》むなと伝えてくれ」

「…………」

それはできない、とは言えなかった。なぜならばこの男は俺を信頼してこの秘密を打ち明けてくれたのが明白だったからだ。彼の信頼を裏切ることは俺にはできそうにない。それに彼は妹のためにこの秘密を墓まで持っていこうとしているのは明白だった。

今からこのことをクロエに伝えても、彼女が浄化されることはない。むしろ、余計に思い悩むような気がしたのだ。

そんな結論に達すると、クロエの兄は言う。

「黙っていてくれるようだな」

心を読んだかのように言うと、彼はにこりと笑う。

「お前の義侠心《ぎきょうしん》の代償を支払う。これからお前たちは巨人を倒しに行くそうだが、俺も同行しよう」

にやりと笑うとボークスは風のような速度で浴室から消えた。

俺はそのまま浴室を出ると、身体《からだ》を拭き、バスローブをまとう。そのまま売店の前まで行くと、二本目のコーヒー牛乳を飲んでいるお姫様に話しかけた。

「イチゴ牛乳も美味《うま》いぞ」

「そんなに飲めません」

はにかむ少女。

その笑顔を見ていると、すべてが浄化されるような気がした。

俺は『とある』決意をすると、戦場へ向かう決意を新たにする。

†

つかの間の休息を楽しむと、そのまま師団を峡谷へ向かわせる。

そこを巨人部隊との決戦場所に選んだわけであるが、遠くに見える巨人を見て兵士たちは生唾を呑《の》む。

「……想像したよりも大きい」

「……アレと戦うのか、俺たちは」

「……帰ったら結婚しようと思っていたのに」

そのような会話が漏れ出るが、彼らを安心させるため、師団長のシスレイアは言う。

「勇猛なる天秤師団の兵士たちよ、恐れることはありません。タイタンたちはたしかに化け物ですが、我々も十分に化け物です。我々は寡兵で大軍を何度も破りました。たったの一旅団で難攻不落の砦も落としました。それらの奇蹟《きせき》を再演すればいいのです」

姫様は確信を込めて言っている。

姫様とて巨人の威容に呑まれているはずであるが、兵の士気を高めるため、あえて大言壮語を放っているのだ。俺もその心意気に応えるべきであった。

部下に最新式の大砲を高所に配置するように指示する。

今回、対巨人ということで銃器は一切持ち込まず。大砲やカタパルト、バリスタなどの攻城兵器を取りそろえた。それを組み立てさせたわけであるが、巨人といえども大砲や巨石が急所に当たれば死は免れない。

——当たればの話だが。

エルニア軍とて馬鹿ではない。かつて巨人に対抗するため、同じような方策で挑んだ将軍は何人もいる。しかし、結局、彼らがタイタン部隊に打ち勝てなかったから、今、俺たちが彼らと戦わなければいけないのだ。

「つまり俺たちの行動は無駄ってことか？」

ナインが言うが、俺は首を横に振る。

「まさか、基本方針は間違っていない。過去の将軍が間違っていたのは、必要以上に巨人にびびっていたこと。それに巨人よりも強い男がいなかったことだ」

にやり、と俺は不敵に笑うと、そのまま走る。魔法で加速すると、そのまま巨人のもとへ向かう。

数百メートル先にいる巨人部隊。それを指揮する帝国軍の士官はその姿を見て奇異に思ったようだ。しかし、その表情もすぐに笑いに変わる。自殺志願者がきたぞ、と、せせら笑うと、丘巨人に投石を命じた。

近くにある巨石を軽々と投げる丘巨人たち。

彼らの投げる巨石はひとつひとつが農家の納屋ほどもあった。

それが雨矢のように降り注ぐのだから、その中を突っ切るものには死があるのみであったが、俺は死ぬことはなかった。

それどころか死と戯れるかのように戦場を駆ける。

巨石が残像をかすめ、飛翔《ひしょう》で回避し、魔法で砕き、ときにはひらりと空中の石に乗り、そのまま丘巨人の眼前に迫る。

一匹の巨人の前に立った俺は、魔力をフルバーストで解き放つと、一撃で巨人を倒す。出し惜しみゼロだ。

「明日、俺の魔力は尽きて宿舎でずっとへばってるだろうな。……もっとも俺に明日があれば、だけど」

そのように漏らすと、二匹目、三匹目の巨人を狩る。

「戦場に舞う踊り手のようだ」

とは味方の言葉であり、

「戦場の悪魔」

というのは敵軍の言葉だった。

どちらも正しいのだが、なるべく長い間、その感想が正しいことを証明したかった。俺は魔力が尽きるのを気にせず戦い続ける。

そしてそれに呼応するかのように戦うのは、クロエの兄ボークス。彼は俺の横の巨人を葬り去っていた。敵の肩から肩に飛び回る。忍者のように移動すると、そのたびに敵の喉と心臓を切り裂き、血しぶきをばらまかせながら、巨人を倒していく。

ふたりの独壇場であるが、師団の兵たちも動き出す。俺たちの活躍に触発される。

天秤師団の大砲と投石器が雨のように巨人に降り注ぎ、その間隙を縫うかのように師団の兵たちが巨人のもとへ向かう。

ヴィクトールは巨人の身体を駆け上がると、大剣で巨人の腹を突き刺す。

ナインは梟《ふくろう》のように飛翔すると、巨人の口腔《こうこう》に巨大な火の玉をぶち込む。

そのような芸当ができない一般兵は、一騎当千の勇者の補佐をしたり、ロープで巨人を転倒させ、急所を狙うように心がけた。

その光景を見てアストリア帝国の士官たちは歯ぎしりをする。

「なんだ、こいつらは。我らは最強の部隊のはずなのに」

地団駄を踏んで悔しがる士官もいる中、ひとり冷静な参謀が言い放つ。

「安心しろ。してやられているのは丘巨人だけだ。巨人族の中でもっとも邪悪なサイクロプスが残っている」

「おお、そうか！　まだサイクロプスがいた」

敵軍の士官が叫ぶと、後方から、のしっとひとつ目の巨人が現れる。

単眼巨人と呼ばれる巨軀《きょく》の巨人は大きな棍棒《こんぼう》を持って師団の一部を攻撃する。その一撃によって数十人の命が失われる。

形勢は一気に変わりかける。

勝ちに乗っていた師団に恐怖という感情が生まれ、それが伝播《でんぱ》しかけたが、絶妙のタイミングで援軍が現れる。

ひとつ目の巨人の足下を颯爽《さっそう》と駆けると、そのまま足を駆け上がり、目玉を剣で突き刺す美しい女性。

彼女は一撃でサイクロプスを倒すと、雄叫《おたけ》びを上げた。

「我こそはドオル族最強の戦士ルルルッカ。次期族長に名乗りを上げるものぞ！　ドオル族のものよ！　次期族長になりたいものは我よりも多く巨人の血を浴びよ。ドオル族の誇りを示したいものは最後まで剣を握り締めよ！　この戦闘は歴史に残る戦いぞ！」

その言葉に行動によって応えるドオル族の傭兵たち。

彼らは凶暴な巨人たちにも臆することはなく、果敢に立ち向かった。

その光景を見て浮き足立っていた天秤師団の兵たちは我を取り戻す。ドオル族の勇気を分けてもらう。

先ほどと同じように巨人に挑むと、次々と巨人を倒していった。

†

「見事なものだ。巨人をまったく恐れない。指揮官と軍師の薫陶が行き届いていると見える」

この言葉は俺の次に巨人を葬り去った男ボークスの言葉である。

天秤師団の勇猛さはさすらいの凄腕《すごうで》戦士のお眼鏡《めがね》に叶《かな》ったようだが、彼はひとつだけ疑念を持っているようだ。

「巨人に対抗できるのは分かっていた。お前は勝算のない戦いをしない男だからだ」

「お褒めにあずかり恐縮だ」

「しかし、それにしてもな実力と知謀だな。自ら前線に立つことによって兵を鼓舞し、細かな作戦によって脆弱《ぜいじゃく》な兵を勇兵に変え、巨人にすら対抗をする」

「本来、軍師が前線に出るのはいけないことなんだがな」

「まあ、そうも言っていられない台所事情だろう。――さて、我が同族も活躍しているようだな」

軽く戦場を確認すると、ルルルッカ率いるドオル族は無双の働きをしていた。

「このままタイタン部隊を全滅に追い込めるかな？」

「いや、そこまでは無理だろう。しかし、撤退はするはず。俺たちの目的はタイタン部隊をエルニアから追い出すことだ」

「ならば目的は果たせそう、ということか」

「果たせた、と言ったほうがいいかもな」

そう言うと巨人たちが俺たちに背を向けているのが見えた。遠くからホラ貝の音が聞こえた。どうやらそれが撤退の合図のようだ。

「このまま追撃したいところだが、追撃をして反撃を喰《く》らうのも馬鹿らしい。無視をするぞ」

「気前がいい」

「面倒くさがり屋なんだよ」

そううそぶくと、俺たちの後方から伝令がやってくる。息を切らせながら彼は言った。

「レオン様、ユジルの街に巨人が現れました」

「ユジルの街!?」

ユジルの街とは先ほどまで俺たちが滞在していた街である。例の温泉街だが、そこに巨人が現れたというのだ。

「敗残兵か?」

ボークスは尋ねるが、どうやら違うようだ。

「そ、それなのですが、通常の巨人よりも遥《はる》かに大きい大型種が一体、現れたのです」

「大型種!? 今のやつらよりも大きいのか?」

「身の丈、二〇メートルはあるようです」

「二〇メートル……」

ボークスはごくりと唾を飲むが、すぐに気が付く。ユジルの街に妹が滞在していることを。

軍を反転させようとするが、それでは間に合わないと思った俺は、ヴィクトールとナイン、それにボークスに馬に乗るように言う。

「メイド救出部隊を編制するんだな」

とはナインの言葉であるが、要約するとそうであった。

「そういうわけだ。超過勤務になるがいいか?」

「残業代がでるなら」

「あとでコニャックをおごれ」

ナインとヴィクトールは快く引き受けると、四人はそのまま馬に乗った。

馬でひた走ると数時間でユジルの街に到着する。

遠目からも煙が上がっているように見える。

「温泉街だから湯煙と混同するが、どうやら大型巨人が外壁を壊したようだ」

「丁度いいタイミングと言うべきか、最悪のタイミングと言うべきか」

「それは分からないが、ひとつ気になることが」

ナインが代表して言う。

「壁を壊したっていうのに巨人はなんで街の中に入らないんだ？」

「――それは」

見当が付きかねているヴィクトールに俺が説明をする。

大型種の巨人の足下で奮闘しているメイド服姿の少女を称揚する。

「お姫様一番のメイド、クロエが戦っているからだ」

見ればメイドのクロエは懐中時計を振り回しながら、大型巨人の足を切り裂いていた。

素早い動きで敵を翻弄し、巨人を足止めしていたのだ。

その姿は聖女のようでもあり、宗教画の一コマのようであった。

「見事なものだ。あの小さな身体ひとつで巨人の侵攻を防いでいたのか」

「頭が下がるが、それも永遠というわけにはいかない。援護しようぜ」

ナインがそう提案した瞬間、巨人の強烈な足踏みがクロエを襲う。クロエはそれを避けるものの巨人の起こした簡易的な地震によって足を取られた。

——それが致命傷となる。

普段のクロエなら容易に避けられる巨人の横薙《よこな》ぎの払いも、足を取られたあとではどうしようもない。クロエはその一撃をまともに食らう。

クロエは数十メートルどころか、街の瓦礫《がれき》の中にめり込むくらい吹き飛ばされる。

生死は不明であるが、それでも巨人は追撃しようとするので、俺はヴィクトールとナインに援護を頼もうとするが、すでにボークスは動いていた。

神速の速度で動くと、巨人の肩口に乗り、斬撃を加える。

ヴィクトールとナインもそれに続く。

俺は彼らに感謝すると、瓦礫の中にいるクロエのもとへ向かった。

俺の知っているクロエならばこの程度では死なないはずである。ただ、それでも大怪我《おおけが》をしているのは容易に想像できた。実際、彼女の身体は酷《ひど》く傷付いていた。

瓦礫の中に埋まっているクロエ。

彼女ご自慢のメイド服はぼろぼろで、骨も何本か折れていた。あばらに右腕、他数本が折れているようだ。

即座にポーションを与えるが、骨はすぐには接合しない。傷は塞がり、止血くらいにはなるが、それでもすぐに戦うことはできないだろう。俺は彼女を退避させようと背負うが、彼女はそれを拒否する。

穏やかに、力強く俺の手を払い除《の》けると、クロエは言った。

「……レオン様、レオン様の好意は有り難いですが、今、ここで逃げ出すわけにはいきません」

「君は義理を果たした。君が街の入り口を守ってくれたおかげでユジルの街の被害は最小限に抑えられた。これ以上、なにを望む？」

「名誉です。我が家族が勇気あるものだと世間に知らしめたい」

その言葉でクロエの意図が分かった。こんなにも傷付きながら戦う理由が分かった。

「……私の兄は私を救うため、ドオル族の戦士の試練を途中で放棄しました」

「……知っていたのか？」

「兄は内緒にしていたようですが、知っていました」

「ならば君は兄上が世界一勇気のある戦士だと知っているだろう。世界一優しい兄だと知っているだろう。ドオル族はなによりも名誉を尊ぶ。それを捨て去ってまで愛する家族を救ったんだ。誰しもができる行為ではない」

「はい、知っています。だから私は戦いたいのです。自分にも兄と同じことができるか。兄と同じ血が流れているか確認したい」

「…………」

「兄と同じように、自分ではない誰かのためにこの身を捧《ささ》げられるのか。か弱きものを守れるのか確かめたいのです。それは今、この瞬間しかできない。ここでこの街を守り、誰ひとり傷付かなかったと確認したとき、初めて私の肩の荷が下りるような気がするのです」

クロエの目をじっと見つめる。

彼女は兄に命を救われた。兄は一族から白眼視され、自身も不当な扱いを受けてきたと聞いた。森の外が見たい、婚約者から逃れたい。それが森を出た理由のひとつと言っていたが、本当は同族からの耐えがたい偏見の目が彼女を森から遠ざけたのだろう。

ドオル族は義侠心あふれる一族であるが、その代わり偏狭な一面もある。どのような事情があっても戦士の儀を放棄することを許せないのだろう。その家族も同様の目で見てしまうのだろう。人間社会でもよくあることだった。

今さらそのことでドオル族を責める気はクロエにはないようだ。

俺にもない。

彼女が決着を付けたいのは、ドオル族への恨みではない。自分の中の心の葛藤なのだ。

ここで最後まで戦い、巨人を打ち倒す。

さすればすべてのわだかまりが氷解すると思っているのだ。

それは間違いなかった。

だから俺は彼女に協力することにする。

「……今、施したのは簡易的なポーションだ。これから骨がくっつく強力なものを与える。副作用があるがいいか？」

「もちろん」

「副作用の内容くらいたしかめろ」

「ふふふ、そんなものはどうでもいいのです。レオン様ならば酷い副作用のものは飲ませないでしょう？」

「まあな。あとで激痛が来るくらいで人体に影響はない」

「まあ、有り難いお言葉」

戯けながらも躊躇《ちゆうちよ》することなく、真っ赤なポーションを飲み干すと、クロエは両足を大地に着ける。しっかりと踏みしめながらつぶやく。

「……これならば戦えそうです」

「ああ、それでいい。そのポーションは攻撃力も同時に強化できる」

「なるほど、筋肉が肥大している感覚です」

「あとはその懐中時計に俺の魔力をありったけ注ぎ込むから、あの巨人の脳天にそれをぶちまけてくれ」

ボークスたちが戦っている巨人を見る。

その姿はどこまでも大きく凶暴である。

「……肩口までは乗れます。私も兄もそこまではできました」

「できれば、いや、絶対に額に当ててくれ。頭蓋骨を砕きたい」

「なるほど、やってみましょう。――難しいですが」

と言うと彼女は走り出す。

戦っているボークスたちが苦戦をしていると感じたからだ。

クロエは疾風のような速度で戦線に復帰し、俺はその後方を走った。

†

巨人のもとへ走ると、ヴィクトールが吹っ飛んでくる。

軽く足に触れ、吹き飛ばされたのだ。

俺はそれをひょいと受け止めると言った。

「男を抱っこする日がくるとは思わなかった」

「俺もお前に抱かれる日がくるとはな」

そう言うとナインもやってくる。

彼も満身創痍《まんしんそうい》だった。

「つうか、あの化け物、倒せるのか。オレは自信がない」

「自信で倒せるならばいくらでも応援するが、生物を殺すにはすべて技術だよ。弱点に攻撃を加えれば死ぬ」

「それはそうだが、あの化け物の弱点にどうやって攻撃を入れる。意外と俊敏なんだ」

ナインはそこで言葉を句切ると、いまだ戦っているボークスを見る。

「まともに戦えるのはあの謎の戦士だけだ。あとはレオン中佐くらいか」

「戦力を過大に評価されるのはな。実は前の巨人との戦闘で魔力を使い果たした。さらにクロエに魔力を与えてしまったので、今の俺は鼻くそをほじる力もない」

「明日は魔力痛で地獄だな」

同じ魔術師として憐れんでくれるナイン。

「まあ、その通りだが、明日、魔力痛で苦しむには今日を生きねば。そのためにできることをするぞ」

「分かった」

と了承するふたりに指示をする。

「まずはナイン、遠方から斜め四五度の角度で巨人に《火球》をぶち込んでくれ」

「場所は?」

「上半身ならばどこでもいい」

「分かった」

「ヴィクトールはその火球が着弾したら、回り込むように移動し、巨人の気を引いてくれ」

「了承」

と準備を始める。

「旦那はなにもしないのか？」

「まさか、そんなことはない。鼻くそをほじって援護するよ」

そう言うと俺は、クロエの援護をするため、動き出した。


メイドのクロエはただひた走る。

レオンに貰《もら》った魔力を解き放つため、一直線に巨人に向かうが、あの大型種の巨人は想像以上に賢かった。

クロエに、いや、その懐中時計にただならぬ気配を感じると、即座に注意を向けてくる。

近くにある瓦礫を蹴り上げ、それをクロエに当てようとするが、それは兄ボークスによって防がれる。周囲の壁を利用し、飛翔すると、上体に斬撃を加える。

その一撃は強烈で、クロエの接近を邪魔することはできなかった。

（……兄上）

兄の献身的な行動を有り難く感じたが、同時に兄が肩で息をしていることに気が付く。

(もう長くは持たない)

そう思ったクロエはまっすぐに巨人に突っ込む。

(フェイントも無用。玉砕してもいい)

そんな思いであったが、それが間違いであると教えてくれるものがいる。

それはクロエがもっとも敬愛する魔術師だった。

彼は己の部下に火球を放たせると、巨人の気を引いてくれる。

部下を後方に配置し、巨人の気をそらしてくれる。

自身は魔法の弓矢、エナジーボルトを放ち、巨人の目を射貫《いぬ》いてくれた。

本来、クロエがやるべき伏線をすべて担ってくれたのだ。

「……レオン様、愛《いと》おしいお方。賢いお方」

素直に思ったことを口にすると、クロエは飛翔した。

飛んだ!

猛禽《もうきん》のような感覚で飛び上がると、右手に持っていた懐中時計をぶん回す。

懐中時計が壊れてもいい。

腕がへし折れてもいい。

この命が燃え尽きてもいい。

そんな思いで放った一撃。

それはレオンにほどこされた魔力と相乗効果を発揮し、とんでもない威力となる。

それをまともに受ける巨人。

めきめきと頭蓋骨が砕ける音が周囲に響き渡る。

巨人は化け物であるが、生物である。巨大な人間である。このような強力な攻撃を食らい、頭蓋骨を破壊され、無事でいるわけがない。

中枢機関である脳を破壊された巨人は、膝を折り、そのまま倒れる。

巨人は二度と立ち上がることはなかった。

こうして天秤師団は巨人部隊を追い払い、大型種の巨人も倒した。

周囲の街にはひとりの死傷者も出さず、この国を救ったのである。

それはシスレイア姫の名声を高めると同時に、メイド服を着た少女の心を救った。

その光景の一部始終を見ていた彼の兄の心も救った。

クロエの兄ボークスは涙を流しながら、自分の妹を指さす。

「見てくれ。あれが俺の妹だ！　誰よりも強く、誰よりも優しい。

あれが俺の妹なんだ！」

その言葉を聞いた周囲のものはふたりの兄妹の絆《きずな》の強さを誰よりも確信した。

エピローグ

†

軍部の無理難題。

一師団で帝国最強のタイタン部隊を打ち払う。

それを無事果たした天秤《てんびん》師団は、周囲の街の人々から英雄として扱われる。

兵を休めるためにユジルの街に入ると、若い女性は黄色い声を上げ、主婦たちは食べ物を用意し、男たちは酒を振る舞ってくれた。

天秤師団の兵たちの勇気を手放しに賞賛する。

兵たちは気を緩めるが、誰ひとり酒場に行くものはいない。

いまだ俺が戦闘態勢を解く許可を与えていないからであるが、姫様は具申してくる。

「兵たちは疲れています。それに帝国の脅威はいったん去りました。休養も必要でしょう」

その意見はもっともだったので採用する。

兵は休めるときに休ませなければ、いざ戦闘が始まると困るのだ。

言い訳をさせてもらえれば、俺はその手の兵の機微には敏感なほうであったが、今現在は兵にまで気を配っている余裕がなかった。

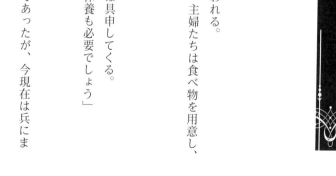

昨日の戦闘で魔力を使い果たし、全身を魔力痛が襲っていた。

魔力痛とは筋肉痛の魔力版で、魔力を使いすぎたときに発生する。その痛みはフルマラソンをなんの準備もなくしたときの筋肉痛に、歯痛と火傷《やけど》が重なったくらい、と言われている。つまり地獄の苦しみなのだが、俺だけでなく、魔術師のナインも似たようなものであった。

宿舎で寝たきりの老人のようになっている。

俺のほうは魔力を使い切るのに慣れているのでそれよりもましだが、膝が笑っており、立つとぶるぶると震える。

「……数日間はなにもできないな」

そう悟ったが、俺を寝たきりにさせないように取り計らう娘がいる。

この師団の団長だ。

おひいさまは先日の温泉で湯治をしましょう、と言う。

姫様は屈強な兵士を用意すると、俺をかつぎ、先日の温泉へと連れて行く。

姫様らしからぬ強引さだったが、その謎はすべて解ける。

温泉に行くとそこは貸し切りと書かれており、大浴場にはすでに先客がいた。

メイドのクロエである。

彼女はにこりと微笑《ほほえ》み言った。

「私も地獄の痛みです。痛いもの同士、一緒にお風呂に入りましょう」

すべてシスレイアの取り計らいであるが、まあ、怒りはしない。

それに恥ずかしがりも。

彼女は全裸だったが、ここで余計に恥ずかしがれば男としての格が下がるというものだった。

ただし、軽く彼女たちに背を向け、景色に気を取られる振りをしながら話す。

「……クロエ、ボークスは元気か？」

「兄上ですか？　昨晩、一緒に泊まって、久しぶりにお話して。起きたら消えていました」

「旅立ったのか？」

「はい。もう思い残すことはない。だから旅を続けると」

「……まあ、兄妹はずっと側《そば》にいなければいけないわけじゃない」

「そうですね。どんなに離れていても心は通じ合っているつもりです」

その言葉を聞いてシスレイアは、

「仲良きことは美しきかな」

と言った。

その通りなので反論せずにいるとクロエは言う。

「……レオン様、今回はありがとうございました」

「なんのことだ？」

「なにからなにまででございます。おひいさまに武勲を立てさせてくれたこと、ドオル族の問題を解決してくれたこと、兄と私を救ってくれたことです」

「どれも俺だけの功績ではない。巨人と戦ったのは兵士たちだし、バナの森を救ったのはドオル族とエルフ族の協力があったからだ。それに君たち兄妹を救ったのは結局、自分たちだよ。離れていても絆《きずな》が壊れることはなかったから、わかり合えたのだろう」

「でもすべてレオン様が架け橋になっています」

「そうか、ならば失業したら、大工にでもなるか」

そう笑うとその下手な冗談に姫様とメイドさんは笑ってくれた。

軽やかで艶《なま》めかしい声が浴場に響き渡る。

そのまま延々と聞いていたかったが、実は俺は長風呂が苦手なのだ。

普段は烏《からす》の行水タイプなのである。

なのでそのことを素直に伝え、先に出ることを告げる。

彼女たちは快く了承してくれたが、最後にクロエはこう言った。

「お風呂上がりはコーヒー牛乳にされますか？　それとも普通の牛乳にされますか？」

俺は最短で回答を導き出す。なぜならば姫様の軍師だから。

「イチゴ牛乳にしてくれ。俺はイチゴ牛乳が好きなんだ」

クロエは子供の味覚、と笑うことなく、うやうやしく頭を下げると、きんきんに冷えたイチゴ牛乳を用意してくれた。

あとがき

読者の皆様！　どうも、影の宮廷魔術師の作者の羽田《はた》遼亮《りょうすけ》です！

二巻もお買い上げありがとうございます。

本作は「小説家になろう」に投稿していたものを大判に合わせ、改稿した作品となります。WEB版にはない黒井ススム先生の美麗なイラストを観賞できます。

大判ゆえに少しお高いですが、黒井先生のイラストを堪能できる上、造りが良いので本棚に飾ると映えます！「ばえ～」ってやつですね。是非、全巻揃《そろ》えて映えって頂けると嬉《うれ》しいです。

本棚に飾る、といえば実は本シリーズの漫画版が始まります。「コミックガルド」という滅茶苦茶面白い漫画が無料で読めるサイトで二〇二〇年七月より連載が開始するのです。（ダイレクト・マーケティング）

作者特権で先々のネームをすでに読ませて頂いておりますが、白石先生の渾身《こんしん》の作画により、本作の魅了が二倍にも三倍にも拡張されております。

「一＋一は二じゃない！　無限大だ！」

と言わんばかりの面白さでした。

いや、それ以上かも。

「一〇〇万パワー＋一〇〇万パワーで二〇〇万パワー！　いつもの二倍の作画力が加わり四〇〇万

パワー！　そしてさらに三倍の漫画力を加えれば一二〇〇万パワーだ！」

くらいの力がある漫画です。なにが言いたいのかといえば、漫画というものは原作者、イラストレーターさん、漫画家さん、編集さん、アシスタントさん、それぞれの力が加わって相乗効果が生まれるのです。それが作品に反映されたとき、名作が生まれます。そして本作の漫画版はまさしく名作といえる出来だと思っています。

「コミックガルド」で無料で読めますので、是非、ググってみてくださいね。

コミックス派の方は今後発売されるコミックス版を手に取ってください！


さて、告知が長くなりましたが、あとがきはこの辺で。

それでは皆様、小説版も漫画版も応援よろしくお願いいたします。

どちらも最高のものを皆様に届けられるように精進していきますので。

二〇二〇年六月　著述

影の宮廷魔術師 2
～無能だと思われていた男、実は最強の軍師だった～

発行　2020年7月25日　初版第一刷発行
著者　羽田遼亮
イラスト　黒井ススム
発行者　永田勝治
発行所　株式会社オーバーラップ
〒141-0031
東京都品川区西五反田7-9-5
校正・DTP　株式会社鷗来堂
印刷・製本　大日本印刷株式会社

ISBN 978-4-86554-703-0 C0093

【オーバーラップ　カスタマーサポート】
電話　03-6219-0850
受付時間　10時～18時（土日祝日をのぞく）

作品のご感想、ファンレターをお待ちしています

あて先：〒141-0031　東京都品川区西五反田7-9-5 SGテラス5階　オーバーラップ編集部
「羽田遼亮」先生係／「黒井ススム」先生係

スマホ、PCからWEBアンケートにご協力ください

アンケートにご協力いただいた方には、下記スペシャルコンテンツをプレゼントします。
★本書イラストの「無料壁紙」　★毎月10名様に抽選で「図書カード（1000円分）」

公式HPもしくは左記の二次元バーコードまたはURLよりアクセスしてください。
▶ **https://over-lap.co.jp/865547030**
※スマートフォンとPCからのアクセスにのみ対応しております。
※サイトへのアクセスや登録時に発生する通信費等はご負担ください。

オーバーラップノベルス公式HP ▶ **https://over-lap.co.jp/lnv/**

忍宮一樹は女神によって、ユニークスキル『お小遣い』を手にし、異世界転生を果たした。
「これで、働かなくても女の子と仲良く暮らしていける！」
そんな期待はあっさりと打ち砕かれる。巨大な虫に襲われ、ギルドとの諍いが勃発し——どうなる、異世界ライフ!?